힘들 때 먹는 자가 일류

맛슬리에세이 05 식음

힘들 때 먹는 자가 일류

손기은 지음

drunken
editor

목차

맛있는 걸 먹으면 열심히 살고 싶어지니까

¶

최근 K-POP에 함뿍 빠져 매일이 부산스럽다. 최애 그룹을 한 팀에서 두 팀으로 늘렸더니 따라잡아야 하는 떡밥이 두 배가 되고 그만큼 일상의 즐거움도 커졌다.

고등학교 이후로 멈췄던 덕질을 20년 만에 다시 시작하면서 새롭게 알게 되는 팬덤 용어와 문화가 매일 108개 정도 쌓이는데, 그중 제일 감명받은 걸 꼽자면 바로 주접글이다.

주접글은 최애를 향해 팬들이 던지는 오바, 육바 급의 주책

스러운 칭찬 세례라고 할 수 있다. "내 새끼 이목구비가 내 미래보다 선명하다" "내 새끼 얼굴이 복지고 미래다" "내 지르는 고음이 인간 사이다 아닐 리가 없고요" "모든 신들이 경배할 손끝 발끝 웨이브! 종교 대통합" 같은 비유와 은유, 과장과 무리수를 마구 뒤섞어 내 감정을 최대치로 표현하는 글이다.

삶은 달걀을 머리에 내리치듯 어제 갑자기 이런 생각이 불쑥 들었다. 지난 11년간 GQ에서 음식과 술을 다루는 피처 에디터로 일하면서, 일종의 주접글 같은 잡지 기사와 이미지를 만들어왔구나 하는. 나의 최애는 '음식과 술'이었고 나는 그 커다란 팬덤의 옆구리 어딘가 즈음에서 열심히 꽹과리를 치는 주접 전문 팬이었구나.

"그저께 먹은 술까지도 말끔히 해장되는 맛" "입술이 너덜너덜해지도록 매운 양념" "별 양념이 없는데도 혀가 알아서 요동을 친다" "농부 같은 근면함과 대장장이 같은 노동 강도가 더해져 완성된 한 병의 위스키" "따뜻한 떡을 자르면 보타이나 포켓치프로 만들어도 될 무늬가 떡하니 보인다" "올백 시험지를 손에 든 것처럼 기분이 뿌듯한 맛"…. 읽어주는, 좋아해주는, 기억해주는 독자들이 있다는 걸 알아가면서 매년 주접은 더 정성스러워졌다.

그렇게 주접을 떠는 나의 기사는 동시에 좀 소심하기도 하다. 맛집과 그렇지 않은 집을 살벌하게 구분해본다거나, 이것과 저것의 맛을 가차 없이 비교한다거나, 비판할 만한 경향성을 확 끄집어낸다거나 하는 일을 내내 피해다녔다. 자연스레 주접글 같은, 찬사를 담은 글과 이미지가 주로 남았다.

그래서 줄곧 나의 일은 맛 칼럼니스트나 음식비평가와는 하는 일도, 품은 마음도 아예 다르다고 우물우물 설명해왔다. 새로 문을 연 음식점에 대해 글을 쓰다가도 갑자기 그 집 막내딸이 이걸 보면 기분이 어떨지, 하는 마음이 들기 시작하면 다시 문장의 맨 앞으로 돌아가고 만다.

이걸 철학이나 소신이라고 이야기할 사람은 아무도 없겠지만, 여튼 그런 차원은 전혀 아니다. 나는 지인들도 학을 떼는 식어버린 달고나 같은 정신력의 소유자다. 살면서 둥근 칭찬만 받고 싶은 작은 사람. 그래서 그냥 내가 잘할 줄 아는 것만 한다.

이런 나는 평생 요리사나 비평가가 될 수 없겠지만, 그 덕에 충성스러운 팬심만큼은 해를 거듭할수록 두툼해지는 중이다. 먹고 마시는 일, 그것을 또 콘텐츠로 만드는 일은 나에게 최애 엔터테인먼트다. 뭘 먹을지 고민하고 차리고 방문하고 열심히 먹고 그걸 또 기억으로 축적했다가 다시 끄집어내는 과정은 그 무엇보다 즐겁고 신나는 일련의 플로우다.

나에게뿐만 아니라 주변의 거의 모든 사람들에게도 먹고 마시는 일은 늘 1순위의 행복이다. 동호회 회원이 아주 많은 취미생활이자 문턱 낮은 파라다이스다. 그래서 다행이다.

원래 팬덤이 크면 그 안에서 뭘 해도 재밌다.

그 신나는 팬덤 안에서 먹고 마시는 욕망의 주파수가 유독 잘 맞는 두 명을 만났다. 양진원, 홍지원 공동대표와 함께 술 중심의 문화공간 '라꾸쁘'를 꾸리는 일 역시 짜릿하고 즐겁다.

얼마 전 서점에 가서, 먹고 마시는 일에 대해 쓴 에세이들을 훑었다. 역시 아침부터 야식까지, 속속들이 가지가지 먹는 일에 대한 에세이는 예상보다 많았다. 모두 좋았다. 그래서 오히려 독기도 포부도 근심도 걱정도 다 멀리 내던지고 펄떡이는 식욕만 남길 수 있었다.

친구들과 이야기할 때 가장 많이 웃었던 '썰', 이야기를 꺼낼 때마다 나도 즐거운 에피소드, 마음이 괴롭고 무너질 때마다 먹어서 극복한 이야기, 진짜 배고플 때 쓴 원고, 지금껏 나를 살찌운 음식에 대한 변명을 이 책에 나열해봤다. 주접을 한껏 떨면서.

홍지원 대표의 프리뷰

¶

그녀가 GQ의 손기은 기자로 있는 동안 나는 GQ를 읽을 때마다 책장을 후루룩 넘겨 '푸드&드링크' 페이지부터 찾아 읽었다. 그녀의 기사를 읽고 나면 'P.S.(에디터 후기)'를 찾아서 읽고, 그 후에 첫 장으로 돌아가 천천히 잡지를 읽었다. 생크림케이크 위의 딸기를 먼저 집어먹는 기분으로 매달 잡지를 받을 때마다 그랬다.

그렇게 읽고 나면 기분이 개운해지고 어쩔 땐 가슴이 뜨끈

뜨끈해졌다. P.S. 몇 편은 읽고 나서 그녀에게 전화를 하고 싶게 만들기도 했다. 아니면 간단한 메일이라도. 기자와 홍보 담당자의 관계를 떠나 나는 한 사람의 독자로 그녀에게 팬심을 가지고 있었다.

어쩌다 보니 '라꾸쁘'에서 함께 일하는 동료가 되었는데, 내 마음속에 품고 있던 이런 팬심을 그녀에게 고백한 적이 있었나 모르겠다. 아마 지나가는 말로 어제 칼럼 좋던데요! 정도가 내가 할 수 있었던 고백의 최대치였으리라.

손기은의 글은 꼭 그녀 자신 같다. 재밌지만 가볍지 않고 똑똑하지만 잘난 척하지 않는다. 진솔함과 질척댐의 경계를 아주 영리하게 알고 그 사이에서 마침표를 찍는다.

방아잎이 들어간 된장찌개를 소울푸드로 꼽는 소녀, 최애를 좇다보니 서울로 대학을 오게 된 성공한 덕후, 반짝이는 호기심과 단호한 취향으로 경력을 쌓은 에디터. 그리고 남들에게 무엇인가 가르치려 하지 않지만 스스로에게는 꽤 높은 잣대를 세우는 사람.

이 책에는 그녀가 지닌 치열함의 흔적이 초코 크로와상에 뿌려진 초코가루처럼 촘촘하게 뿌려져 있다. 먹는 이야기로 책 한 권을 채운다고? 라며 반문했던 나는 책을 읽으면서 그녀가 세웠던, 또 허물었던 그간의 시간들이 얼마나 밀도 높고 외로운지 읽었다. 그런 중에도 사람을 웃게 하는 것 역시 그녀가 가진 따뜻함이라 생각한다.

이 책은 '식욕'이라는 가제를 달고 나에게 왔다. 그녀는 책의 제목을 '힘들 때 먹는 자가 일류'라고 짓고 싶다 했다. 농담은 아닌 것 같았다. 힘들 때 먹는 자가 일류. 그렇다면 확실히 우리는 일류다.

어느 날인가 라꾸쁘 손님이 이른 시간에 뚝 끊겨버린 적이 있다. 동네를 한 바퀴 돌고 온 내가 그녀에게 "길에서 삼겹살 냄새가 난다"고 한마디 던졌고, 우리는 2시간 후 삼겹살을 굽고 있었다. 가게에 손님이 없는 거? 그럴 수도 있지, 내일 많이 오겠지, 하며 우리는 삼겹살을 구워서 파김치에 말아 입에 우겨 넣고 소주잔을 비웠다. 남들이 보면 심란하다고 할 만한 매출을 기록한 날이지만, 우리는 그 삼겹살의 두께가 얼마나 적절했는지, 파김치가 얼마나 칼칼했는지 그런 것만 기억한다. 일류다. 아주 초일류.

힘들 때 먹는 자가 일류라는 말은 아마, 힘들 때일수록 더 열정적으로 기운을 내려는 '의지'가 있는 자가 일류라는 말 아닐까.

이 책에 담긴 뜻대로 다들 잘 먹고 잘 버티었으면 좋겠다. 맛있는 음식을 먹고 그녀처럼 행복하다고 읊조릴 수 있기를. 이 책의 마지막 장을 덮으면서 나는 또 혼자 가슴이 뜨끈해져 "와씨, 행복하네" 하고 말했다. 그녀에게 전화나 메시지를 하고 싶어졌지만, 역시 하지 않았다. 따뜻한 갈비탕이나 한 그릇 말러 가야겠다.

양진원 대표의 프리뷰

¶

2년 전 가을 라꾸쁘를 오픈하기 전, 손기은 기자의 집에서 왕왕 회의를 하곤 했다. 혼자 사는 집인데도 쿨하게 개인 공간과 곳간을 동시에 내어주었다.

동업자가 되는 엄청난 결정을 한 이후에도 서로를 잘 알지는 못했는데, 그녀의 집에 방문한 후 뭐랄까 알 수 없는 확신이 들었다. 우리가 이야기를 나누는 테이블 옆 냉장고에는 차슈 모양의 자석이 찰싹 붙어 있었다. 그때도 지금도,

고기 자석을 집에 들여놓는 사람이라면 믿을 만하다는 생각에는 변함이 없다. 그때 난 확신의 증거로 차슈를 조용히 비밀스럽게 사진에 담았다.

그러고 보면 그녀의 냉장고에는 혼자 사는 사람답지 않게 온갖 재료가 꽤 알차게 들어 있었다. 가을밤에는 한창 숫자 계산을 하다가 굴솥밥을, 인테리어 공사가 잘못된 어느 날에는 긴급히 모여 회의를 하다 말고 후랑크 소시지를 꺼내 소스와 토핑을 제대로 얹어 핫도그를 만들어 먹었다. 함께 먹은 많은 음식은 늘 온갖 종류의 알코올과 어우러져 당장 우리 눈앞에 닥친 온갖 역경을 별것 아닌 일로 만들며 하하하 웃음으로 날려버리게 했다.

식욕이 돌 때는 언제일까? 슬플 때나 기쁠 때나 우울하거나 분노에 가득 찬 날도 여지없이 배는 고프다. 기분이 좋으면 좋은 날이니까 맛있게, 일에 파묻힌 날이나 되게 운이 없게 느껴지는 날이라면 더더욱 신경 써서 잘 먹어야 한다. 하기 싫은 일을 오늘 안에 끝내야 하는 날, 와인 한 잔을 옆에 끼고 시작하면 술술 진도가 나가는 것처럼 무언가 만족스러운 음식을 먹고 나면 큰 위안을 받으니까.

하지만 밥을 든든히 먹고 난 후에도 어쩐지 헛헛한 마음을 감출 수 없다면 글로 음식을 지은 이 책을 열어보길 추천한다. 알코올이라도 한 잔 곁들인다면 금상첨화. 집밥부터 미셰린 쓰리스타 레스토랑까지 손기은의 남다른 시선으로 차린 글을 따라가면 짧은 시간에 기분 좋은 포만감을 느낄 것이다. 물론 배고픈 상태에서 섣불리 책장을 들췄다가는 침을 꼴깍꼴깍 삼키다가 결국 라면이라도 끓이거나 배달앱을 켜게 될 수도 있다.

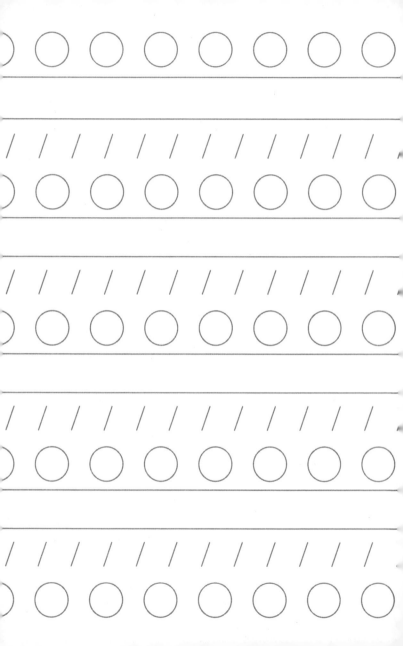

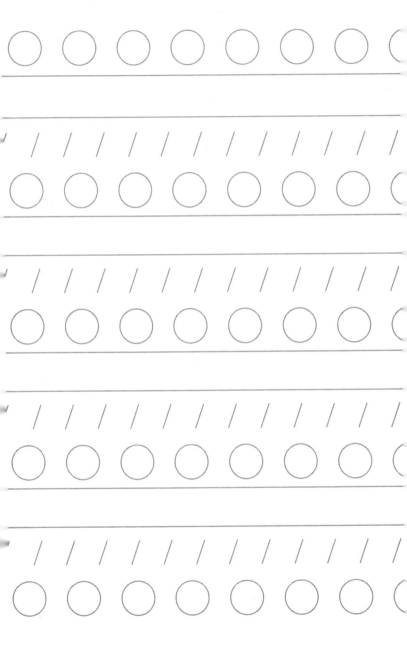

먹고 마시는 에디터라는 직업

음식과 술을 다루는 잡지사 에디터는 겉으론 화려하고 근사해 보이지만, 생각보다 폼 안 나는 직업이기도 하다. 음식과 술에 관한 기사를 줄곧 써오면서 하나 얻은 것이 있다면 체중계 바늘을 재빠르게 돌리는 다소 육중한 몸무게. 그 살들의 항변 같은 이야기.

¶

어디 가서 자기소개를 할 때면 아이돌 멘트처럼 항상 내뱉는 문구가 있다.

"음식이랑 술을 담당하고 있습니다. 먹고 마시고 놀러 다니는 걸 잡지 기사로 만들어요."

그러면 대다수가 좋겠다, 팔자 좋다, 꿈의 직장이다, 나도 그거 잘하는데, 나도 이직하고 싶다는 식의 한결같은 반응을 보인다. 그럼 나는 크게 부인하지 않고 그저 "재밌습니다"라고 답한다.

실제로 그랬다. 늘 재밌었다. 뿌듯한 결과를 만들기 위해 따라붙는 애끓음, 스트레스, 초조함은 당연히 다른 직업군과 비슷하거나 혹은 그보다 좀 더 컸겠지만, 일단 그 달 잡지가 나오고 나면 어쩐지 재밌다는 기분만 남았다. 밤을 새고 일을 뒤집어엎고 머리를 쥐어뜯을지언정 어떻게 하면 더 재밌는 기사를 만들지에 대한 고민이었기 때문에 이삼 일만

지나면 '나름 재밌는 일이었네' 하고 마는 것이다.

일의 범주가 다른 사람들의 일상이나 여가와 맞닿아 있다 보니 어떤 땐 지금 내가 하고 있는 게 일인지 아닌지 헷갈릴 때도 많았다. 워크 앤 라이프 밸런스가, 어떻게 보면 정확하게 맞아 떨어졌다. 구별 없이 아예 한데 뭉뚱그려졌으니까. 핫하다는 음식점을 찾아가 맛있게 먹고 그 가게를 추천하는 기사를 쓰는 경우도 많았는데, 이렇게 열심히 놀고 먹은 달에는 추천거리도 풍성해져 일도 잘됐다.

그래선지 연애에 혼이 팔려 있을 때 기획안이 더 풍성했다. 열심히 먹고 다녀서 평소보다 살이 오른 달엔 어쩐지 결과물도 두둑했다. (물론 프리랜서가 된 지금은 '내 돈을 쓰느냐, 회삿돈을 쓰느냐'로 공과 사가 구분된다는 것을 명확하게 깨달았다.)

자발적인 회사의 노예가 되어 물불 안 가리고 열심히 일한 덕에, 그래도 자기소개 할 때 전문 분야 하나쯤은 슬며시 꺼낼 수 있게 됐다. 그 대가로 통장은 확실하고 시원하게 비웠지만.

잡지사에 처음 입사했던 2007년만 해도 음식, 맛집, 먹방 등이 지금처럼 뜨거운 분야는 아니었던 것으로 기억한다. 미식 콘텐츠라는 것을 어떤 독자들이 어떻게, 얼마나 즐기는지도 모른 채 공부한다는 생각으로 매달 기획을 냈다.

입사 후 처음 썼던 기사의 주제는 세계 3대 진미다. 일단 트러플, 푸아그라, 캐비어를 즐길 수 있는 서울 시내 호텔 레스토랑을 찾아갔다. 나도 처음 보는, 심지어 너무 비싸 촬영 후에 먹어보지도 못한 그 식재료에 대해 고3 수험생의 기분으로 따박따박 기사를 썼다. 상식 교양서와 외국 미식 잡지의 느낌을 교묘하게 섞어 전문가 흉내를 냈던 것 같다.

매달 기사의 주제가 잡힐 때마다 그 음식에 대해 좁고 깊게 팠는데, 성적은 별스럽지 않아도 공부는 별스럽게 해온 나는 그 시간이 구석구석 재밌었다. 주로 셰프, 음식 연구가, 교수 같은 전문가를 자주 만났다.

백석 시집에 언급된 북한 음식을 화보로 구현하겠다며 한국음식연구원 사람들을 힘들게 한 기억, 제주도 술의 특징을 찾아보겠다며 제주대 교수실에서 취재인지 수강인지 모를 시간을 보낸 기억도 난다. 겨울철 동해에서 잡히는 생소한 생선들의 특징을 이해하기 위해 꽝꽝 얼어붙은 동해안 어시장을 돌고, 국립수산과학원 동해수산연구소의 연구원과 귀가 뜨거워질 때까지 통화하기도 했다.

해가 지나면서 먹방 프로그램이 TV를 장악하고 스타 셰프들이 쏟아져 나오기 시작하면서, 먹고 마시는 일이라면 누구나 뜨거운 관심을 보이기 시작했다. 전문가와 비전문가의 경계가 옅어졌고, 모두가 자신의 취향과 경험을 기준으로 음식을 추천하고 평가했다. 리액션이 많아지니 나도 신이 났다.

누가 등을 떠민 것도 아닌데 매달 악착같이 일했다. 미용실에서, 군대 내무반에서, 은행 대기실에서, 사람들이 무심코 잡지를 넘기다가 내가 만든 기사에서 갑자기 손가락을 멈추고 "오-" 소리가 나오게 하겠다는 각오로 매달 희번덕거렸다. 일부러 내 기사를 찾아본다는 독자들의 엽서나 리뷰를 접하면 마음속으로 격렬한 탈춤을 췄다.

지금 와서 돌이켜보면 그 각오를 실현하기 위해 별스럽고 기괴한 우여곡절을 많이도 겪었다. 일이라 힘든데 동시에 먹어서 즐겁고, 몸과 마음이 고단한데 일단 먹으면 힘이 나고, 죽을 것처럼 과중한 업무인데 입은 또 즐겁고….

음식을 주제로 새로운 방식의 콘텐츠를 만들 때 내가 주로 썼던 방법은 '스케일을 늘려보는 것'이었다. 식재료를 잔뜩 공수해 근사한 화보로 만드는 일을 자주 했다. 채소만 40만

원어치를 사서 신비한 정원처럼 꾸미고, 일식집 도매상들에게 간곡한 전화를 돌려 실한 고추냉이 뿌리를 구해 나무처럼 연출하기도 했다. 그 주에는 남은 채소를 닥치는 대로 넣어 만든 샐러드로 삼시 세끼를 났다. 냉장고 문을 열면 온통 채소로 꽉 찬 어두운 동굴 같았다.

온갖 종류의 버섯을 구해 소인국의 한 장면처럼 음식 화보를 연출한 적도 있다. 남는 재료로는 버섯전골 대잔치를 벌였다.

전국 팔도에서 갑각류를 택배로 주문해 백과사전 형식으로 기사를 만들 땐 촬영 스튜디오 곳곳에서 펄떡이는 새우들이 목격됐다. 울진에서 온 꽃새우, 가덕도에서 온 보리새우, 동해에서 온 적새우 들이 조명 아래 나란히 누웠다.

촬영이 끝난 후 초대형 곰솥에다 게와 새우를 모두 쪄서 먹었는데, 스태프들은 질린다며 고개를 내저었지만 갑각류에 환장하는 나는 편의점에서 사온 초고추장으로 질린 맛을 달래며 끝까지 까고 또 깠다.

스케일을 늘리기 힘들다면 평소 보지 못한 방식으로 접근하는 방법도 있다. 광어, 우럭, 도미, 농어의 맛과 특징을 설명해주는 기사를 진행하면서, 이 한 점의 횟감을 사람 얼굴보다 더 크게 확대해 잡지에 실어볼까 생각한 것도 같은 맥락이었다. 회 한 점을 가까이 들여다보니 한 점의 살에 결마다 영롱함이 비치고 보석처럼 다채롭게 빛났다.

당시 스튜디오에선 좀 의아해했던 이 촬영을 기꺼이 도와준 어느 스시집의 막내 셰프는 지금, 손님들을 줄 세우는 청담동의 잘나가는 스시집 오너 셰프가 됐다.

'기름진 맛'이라는 주제로 음식에 낀 지방의 맛을 설명하는 기사를 진행할 땐, 좀 추접스러울 수도 있지만 기름기가 드러나도록 음식을 촬영해보기도 했다. 기름이 뚝뚝 흐르는 메로구이의 껍질과 살에 렌즈를 들이밀고, 아보카도의 으스러진 단면을 포착하고, 들기름에 부친 두부가 지면에서도 그 향이 느껴지도록 따뜻하고 촉촉하게 찍었다.

'발'이라는 주제로 족발, 우족, 닭발을 한데 모아 소개하는 기사를 기획하고는 손이 예쁜 남녀 모델을 섭외해 고가의 가방 다루듯이 족발을 들어보라 요청한 적도 있다. 다이아몬드 반지처럼 닭발을 손가락 사이에 끼워보라 부탁하기도 했다. 기사에 필요한 식재료를 사러 도매상, 식재료상, 마트, 시장엘 가면 "이건 어디다 쓰려고?"라는 질문을 매번 받는다. "화보 촬영입니다" 하면 다들 머리 위로 물음표를 두세 개씩 띄운 얼굴이다. 그러곤 '이걸?'과 '왜?'라는 뜻이 함축된 것이 분명한 "촬영이요?!"라는 되물음을 하곤 했다.

새로운 방식으로 음식 콘텐츠를 보여주는 방법 중 내가 가장 좋아했던 건 현장을 찾는 일이었다. 한번은 '시장의 소리'라는 컨셉으로, 시장에서 물건 파는 할머니들의 멘트를 사투리와 비속어 그대로 살려서 싣는 기획을 진행한 적이 있다.

봄나물이나 채소를 사면서 "이거 어떻게 요리하면 맛있을까요? 제가 잘 몰라서…"라고 운을 떼면 할머니들은 "새댁, 식구가 둘이여? 그럼 이만치만 사면 돼" 하면서 이런저런 방법들을 일러주셨다. 그대로 말맛을 살려 지면에 실었는데, 지금도 그 기사를 읽으면 할머니들 목소리가 들리는 듯하다.

이 기사를 진행했던 달, 우리 집 냉장고는 시장에서 사온 식재료로 가득 차서 요구르트 병 하나도 더 밀어넣을 수 없는 지경이 됐다. 할머니들이 일러준 방법으로 매일 밤마다 진수성찬 백반을 차려 먹던 기억이 난다.

때로는 지방으로 사나흘씩 취재를 떠나기도 했다. '국수 기행'이라는 이름으로 4박 5일간 국수만 먹으러 떠난 초유의 출장이었다. 그게 언제였더라 하고 기억도 가물가물하지만, 첫 차 뽑은 지 다섯 달 만에 전국을 돌았던 해, 고속도로를 달리는 내내 버스커버스커 노래를 틀어놨던 해로 역추적하면 2012년이란 답이 나온다.

강원/경상권, 충청/전라권으로 나누어 일정을 짰고, 매일 서너 끼를 오로지 국수만 먹었다. 모든 일정이 끝난 밤에는 소주로 속을 한번 씻었다. 사진 촬영을 위해 동행했던 사진가는 나중에 정말 진지한 표정으로 "밀가루 더는 못 먹겠다" 선언했고 나는 "1인당 1메뉴는 매너다. 제발 도와달라" 회유했다.

물론 옥천에서 먹었던 어국수와 도리뱅뱅이는 지쳐가는 혀와 위장을 확 깨울 만큼 기가 막힌 조합이었고, 안동에서 먹은 건진국수는 탄산수보다 더 개운하고 시원했다.

사실 국수 기행보다 더 힘든 일정은 몇 해 뒤 진행한 '전국 한우 기행'이었다. 전국에서 한우 맛 좋기로 유명한 다섯 군데를 골라 등급 좋은 꽃등심만 주구장창 먹는 일정이었고, 진행비 때문에 주저하는 편집장님을 설득해 어렵게 성

사시킨 취재였다.

주변에선 이게 웬 횡재냐, 출장 맞냐, 부러움을 쏟아냈지만 실상은 매순간이 괴롭고 느끼했다. 한우구이라는 메뉴만으로는 각 지역의 한우 맛을 정확히 구별 짓기가 사실 어려웠다. 사료나 품종, 양육 방식에도 큰 차이가 없었다. 취재는 산으로 가는 와중에 매일 밤, 숙성되지 않은 마블링 가득한 등심구이를 먹는 일은 점점 고역이 됐다. 그 기사는 잡지가 나온 뒤 한 번도 펴보지 않았다.

매달 음식 기사를 만들다 보니 중순 즈음이 되면 엄마에게 전화를 걸어 "요즘 시장에 뭐 나왔어?" 하고 버릇처럼 묻고, 친구들을 만나면 "요즘 뭐가 맛있어? 뭐가 핫해? 지난주에 뭐 먹으러 갔어?"라고 채근하는 게 일상이었다.

매달 특별한 음식 기사와 화보를 쉴 틈 없이 만들어내던 그때야말로 음식을 가장 치열하고 즐겁게 먹었던 때가 아니었을까? 촬영 후 남은 재료를 소진하기 위해 온갖 레시피를 찾아가며 요리하고, 다음 주 촬영할 기사를 위해 노트와 펜을 바지 뒷주머니에 꽂고 시장과 마트를 뒤지던 그 시간들 덕분에 지금의 나는 더 즐겁게, 더 신나게 먹을 수 있게 됐다.

나를 가장 부지런하게 만드는 것

바쁘게 지낼수록, 손 쓸 수 없을 만큼 무기력한 나날
들이 곰팡이처럼 찾아온다. 그 순간 유일하게 내 몸을
일으키는 일은 아무 목적 없이 그저 '먹는 일'.

¶

오랫동안 다니던 회사를 퇴사하겠다는 생각은 하루아침에 떠올랐다. 아무것도 아닌 날, 아침에 눈을 뜨자마자.

오늘이 평일인지 휴일인지 헷갈리면서 근원을 알 수 없는 조급함이 밀려왔다. 늦잠을 잔 것도 아닌데 새벽에 해야 할 일을 놓친 사람처럼 "큰일 났다"는 생각이 먼저 들었다. 개운하게 자고 일어나 여유롭게 아침을 맞이하지 못할망정, 하루의 시작부터 절망감을 느끼다니.

그렇게 며칠을 이유도 없이 쫓기다 잠든 사람처럼 일어난 후 처음으로 '번아웃'이라는 단어를 떠올렸다. 어렵게 입사한 회사라 쫓아내지 않는 한 꼭 붙어 있을 거라고 장담하던 내가 퇴사를 마음먹은 건 찰나의 순간이었다.

일이건 과제건 뭐든 짊어지고 가는 성격이라 퇴사 후 프리랜서 에디터 생활을 하면서도 때때로 번아웃 상태를 코앞

까지 마주하곤 한다. 내가 주로 겪는 증상은 무기력증이다. 첩첩이 쌓인 일을 모두 놓아버리는 게으름 상태에 접어들고 만다.

일을 미룰 수 있을 때까지 최대한 미루고, 아무것도 하지 않은 채 시간을 최대한 낭비하는 나날들이 이어졌다. 회사를 다닐 땐 그래도 '월급'과 '팀원'이라는 숨을 기둥이 있었지만, 프리랜서가 되고 보니 무기력은 곧 존재의 공백이자 수입의 공백으로 돌아왔다.

급기야 지난겨울엔 게으름을 피우다가 비행기를 놓친 적도 있다. 아무리 바쁜 사람이라도, 아니 아무리 게으른 사람이라도 절대 어기지 않는 시간이 비행기 탑승 시간 아닌가. 이륙 3시간 전이 되었는데도 침대에 눌러 붙어 있는 나의 모습을 보며 등골이 서늘했다. 보다 적극적으로, 무기력증 혹은 게으름병을 타파할 방법을 찾아보기로 했다.

라꾸쁘 양진원 대표가 나의 이런 고민을 듣더니 신박한 해답을 툭 던졌다.

"다음 날 아침에 눈뜨면 맛있게 먹을 걸 하나씩 준비해놔요. 마켓컬리 같은 데서 엄청 맛있는 걸 주문해놓고 자는 거지. 그럼 눈뜨자마자 '먹어야지!!' 하면서 침대를 박차고 나오게 되거든요."

이마를 딱 쳤다. 그래, 내가 인생에서 가장 부지런할 때가 일찍 자고 일찍 일어나 매일 아침밥을 챙겨 먹고 그걸 SNS에 기록하던 시절이었다. 우선 아침밥을 간단히 챙겨먹는 일부터 시작해보기로 했다.

요거트와 제철 딸기를 주문해놓고 잤다. 여전히 알람보다 30분 늦게 침대에서 빠져나왔지만, 휘청거리며 주방으로 가 스무디셰이커를 꺼내고 요거트 딸기 스무디를 만들었다. 소파에 두 발을 올리고 앉아 흰색 커튼 뒤로 비치는 햇빛을 감상하며 한 그릇을 뚝딱 비웠다. 빈 그릇에 쏟아지는 햇빛을 보며, 내일은 엄마가 빚어서 보내준 만두를 넣고 떡 만둣국을 끓여 먹어야지 생각했다. 생각난 김에 냉동실에 있는 만두를 냉장실로 옮겼다. 와, 내가 생각난 김에 엉덩이를 떼고 바로 실행하다니! 분명 이것은 딸기 스무디의 힘이다.

외부 업무가 없어 집에서 하루를 보내는 날엔 한끼 챙겨 먹는 일에 더 신경을 썼다. 배달음식을 시킬 때도 진짜 먹고 싶은 것이 뭔지 한참을 심사숙고해서 결정했다.

'최근에 내가 간장 게장을 먹었던가? 간장새우는? 잠깐만, 내가 지금 해산물이 먹고 싶은 걸까, 아니면 따뜻한 쌀밥이 먹고 싶은 걸까? 향후 3일 내에 간장 게장이나 새우를 먹을 확률은?'

한참 머리를 굴린 뒤 집 근처 배달 가게를 뒤져 간장새우밥을 시키고 추가로 간장새우 단품까지 주문하는 식이다.

뭘 먹을까 요리조리 고민할 땐 그 어느 때보다 신이 나고, 먹을 땐 더 흥이 오른다. 간장새우밥을 주문할 땐 꼬막무침 까지 추가로 주문하는 것을 잊지 않았고, 이걸 소분해 얼려 두는 부지런함까지 발휘했다. 마땅히 먹을 게 없을 때 작은 햇반 하나에 꼬막무침을 섞고 참기름을 휘휘 둘러 퍼먹을 생각을 하니 락앤락 뚜껑을 채우는 와중에도 미소가 삐져 나온다.

먹는 일에 열과 성을 다하다 보니 끼니의 한 수 앞, 두 수 앞 까지도 챙기는 부지런함을 떨게 됐다. 도미노피자를 주문 할 땐 꼭 브라우니 한 판도 함께 주문해 냉동실에 소분해 둔다. 디저트가 당기는 오후 시간, 커피만 마시기에 어쩐지 허전할 때 하나씩 꺼내 전자레인지에 데워 먹으면 근사한 카페 부럽지 않다. 설렁탕집에 주문을 넣을 땐 추가 깍두기 를 시키거나 사골육수팩을 추가 주문해 쟁여둔다. 다음번 에 깍두기 차돌박이 볶음밥을 해먹어야지, 계란 지단 듬뿍 올린 떡만두국 해먹어야지, 다짐과 의욕이 동시에 솟아오른다.

이왕지사 집에서 열심히 먹는 하루를 보내기로 마음먹은 날엔 요리도 열심히 한다. 다행히 집 앞에 꽤 구색이 훌륭한 24시간 식자재 마트가 있다. 한밤중이라도 먹고 싶은 메뉴가 생각나면 일단 차를 끌고 나간다. 택배 마중 나가는 발걸음보다도 더 가볍게 차에 올라타 두 손 무겁게 장을 봐서 돌아온다.

화교 중식당이 많이 몰려 있는 먹자골목에 있는 마트라서 유난히 고수가 싱싱하고 값이 싼 덕에, 고수와 숙주를 듬뿍 때려 넣고 팟타이를 자주 만든다. 느타리버섯을 프라이팬 위에 산처럼 쌓고 반의 반으로 쪼그라들 때까지 바짝 볶은 뒤, 일본에서 사와 조금씩 아껴 쓰고 있는 스모크 간장으로 향을 한번 입힌 술안주도 노력 대비 결과물이 좋은 단골 메뉴다.

평소 집 안에선 물속을 걷는 할머니처럼 느릿느릿한 편인데 이상하게 요리할 땐 두 손과 발이 모터를 단 듯이 빠르게 움직인다. 한 손으로 냄비에 물을 받으면서 다른 한 손으로 도마를 꺼내고, 발로는 덜 닫힌 냉장고 문을 닫는다. 짬짬이 플라스틱 용기에 라벨을 뜯고 분리수거까지 마무리하는 근본 없는 부지런함까지 떤다.

짜파게티를 끓일 때도 바삭한 계란프라이가 떠오르면 춤을 추듯 냉장고를 스쳐지나 계란을 꺼내고 프라이팬 위로 냅다 던진다. 비빔면을 먹다가 차돌박이가 떠오르면 땅굴 파는 두더지처럼 냉동실을 파내 차돌박이를 찾고야 만다. 오로지 먹겠다는, 먹는 시간을 무엇보다 값지게 보내겠다는 일념 하나로.

먹는 일만큼 즉각적으로 내 몸을 움직이게 하는 강력한 동인도 없다. 잘 살려면 잘 먹어야 한다는 진리를 굳이 소환할 필요도 없이, 평범한 하루는 그저 먹기 위해 굴러갈 때가 많다. 다행히도 나의 무기력증은, 나의 번아웃은, 식욕의 수레바퀴 앞에서 우지끈 깨지고 만다.

술집을 열었다

퇴사를 하고 전혀 계획에 없던 술집을 덜컥 열게 됐다. 두 명의 동업자들과 함께 와인과 위스키를 팔아보기로 했다.

¶

오픈한 지 1년 반. 의외로 잘 버티고 있는 이 술집의 이름은 '라꾸쁘'다. 퇴사를 결정하고 난 뒤, 1년에 서너 번 정도 나가는 와인 모임에서 각자의 이유로 공간이 필요한 사람들을 우연찮게 만났다. 거의 즉흥적으로 시작된 일이었다.

늘 '소박한 술집'을 한번 열어보고 싶었다. 좋아하는 술을 깔아두고 잔술로 판매하는 별 것 아닌 공간에 대한 환상이 있었다고 할까. 그러나 그게 동업의 형태일 줄은, 그리고 50평이나 되는 지하에 펼쳐지게 될 줄은 몰랐다.

오춘기인지 뭔지 몇 해 전 슬럼프가 깊숙하게 왔을 때, 집 주변 8평 이하 점포를 진지하게 보러 다녔다. 문 닫은 뽑기방, 학교 앞 떡볶이 가게 등에 '임대' 표시가 나붙으면 괜히 가슴이 두근거렸다. 월급을 포기하지 않은 채로, 투잡을 뛰면서 가게를 꾸려보겠다는 순진무구한 생각으로 이곳저곳을 기웃거렸다.

막연한 꿈은 역시나 실행이 어려운 법이다. 꿈을 꾸깃꾸깃 접어 저 먼 미래로 미뤄두고 있던 어느 날, 갑자기 기회가 왔다. 와인 클래스를 진행할 공간을 찾고 있던 양진원 대표와, 꽃과 와인을 합친 새로운 사업을 계획 중인 홍지원 대표를 만나면서 창업에 가속도가 붙기 시작했다. 뮤직비디오처럼, 드라마 예고편처럼, 모든 것이 재빠르게, 압축적으로. 나는 얼결에 파도에 올라탄 초보 서퍼처럼 어리둥절 즐거운 비명을 매일매일 질렀다.

안국역 근처 50평의 지하 공간에 각자가 좋아하는 와인과 위스키를 채우자 손님이 오기 시작했다. 술을 파는 것 외에도 술과 연관된 일이라면 무엇이든 하려고 '술 중심의 문화 공간'이라는 설명을 붙이고 문을 활짝 열어뒀다.

그때부터 지금까지 파티를 열고 강의를 하고 손님을 맞고 요리를 하고 술과 관련된 온갖 콘텐츠를 기획, 제작, 진행하는 중이다.

"셋이 안 싸워?"

라꾸쁘를 열고 두 번째로 많이 들은 말이다. (첫 번째는 "그래서 거기가 뭐하는 곳이라고?") 그때마다 하는 대답은 "응, 별로 안 싸워. 서로 안 친해서… 아직도 존댓말 하는 걸"이다. 농담이 아니라 진짜다. 각자 사회생활을 시작한 기반도 다르고, 나이도 다르고, 고향도 다르고, 학교도 다르고, 성격, 별자리, 팔자, 주량, 라이프스타일이 모두 다르다. 그럼에도 딱 하나 공통점이 있다면 먹고 마시는 일에 순수한 마음을 계산 없이 쏟는다는 것. 지난 4~5년간 와인 모임에서 간헐적으로 만나 함께 술을 마시고, 서로의 커리어에 작은 도움을 주고받으면서 느낀 바가 있다.

'와, 이 사람들 찐이네. 먹고 마시는 일에 대해선.'

싼 거 비싼 거 할 것 없이 두루 먹고 마셔온 경험치, 그 경험을 토대로 올라선 먹성의 경지, 일의 우선순위를 따질 때

'먹는 일'도 늘 묵직하게 한 자리 차지한다는 사실이 서로 닮았달까. 각자 몸 담고 있는 커리어에서는 세심하고 진중하지만 먹는 일에서만큼은 오늘만 사는, 아니 인생이 한 3시간만 남은 사람처럼 기분파로 변한다.

우리 집에 다 같이 모여 라꾸쁘 자금 관련 비상대책회의를 할 때도 "비빔국수나 한번 말아볼까요" 하면 나는 이미 삶은 국수의 물기를 탈탈 털고 있다. 오픈 전 라꾸쁘에 앉아 기획회의를 할 때도 "이것도 까요" "다 마시죠, 뭐" "꺼내, 꺼내! 까, 까!"라는 말을 탁구공 스매싱하듯 빠르게 주고받는다.

언젠가 라꾸쁘 리뷰에 이런 글이 올라왔다.

'여기는 직원들이 일하면서 술을 한 잔씩 하는데 그게 찐간지다.'

그렇게 한 잔 두 잔 마시다가 취기와 음악에 흥이 오르면 잔을 들고 바 한 켠에서 소심하게 어깨를 턴다.

빠듯한 자영업 사정에 매달 통장 잔고를 짤랑거리지만, 회식만큼은 흐드러지게 한다. 주로 호텔 뷔페에서 문워크를 밟거나 파인다이닝 레스토랑에서 어깨춤을 춘다. 담당 세무사가 "이게 회식비라고요? 회식이요??"라고 물을 정도다. '먹어본' 경험이 커리어가 되고 그 커리어로 번 돈을 다시 먹는 일에 투자하는 삶을 반복한 세 명이다 보니 이 부분에선 맘과 입이 착착 맞는다.

물론 우리 모두에게 라꾸쁘는 '첫 장사'다 보니 1년 반 동안 보송보송 좋은 일만 있었던 건 아니다. "여기 아가씨 나오냐"고 순진무구하게 묻는 손님도 만났다. 입 밖으로 튀어나오는 육두문자를 씹어 삼키고 어금니 사이로 "네에? 아아아가가씨이이이요오오?"라는 말만 던질 수밖에. 집에 가지 않는 취객에게 "우리 불 끄고 갈 겁니다" 했다가 경찰까지 부른 일도 있었다. 손님 옷에 실수로 음식을 부어버린 적도, 손님한테 낯을 가려 말문을 못 열던 때도 있다.

그래서인지 셋이 모여 라꾸쁘에서 겪었던 일, 라꾸쁘에서 하고 싶은 일, 라꾸쁘의 문제와 당면 과제들을 풀어놓기 시작하면 이야기는 끝없이 이어진다. 다 같이 전주로 워크샵을 다녀온 적이 있는데, 차 시동을 걸 때부터 와인에 이어 막걸리로 쌓은 묵직한 취기에 밀려 잠이 들 때까지 오디오가 빌 틈이 없었다.

농담처럼 "서로 안 친하다"고 했지만, 그것이 라꾸쁘의 매력이기도 하다. 그 덕에 강력한 공통분모인 '먹고 마시는 일'에 더 집중한다. 물론 밤낮으로 카톡방이 활성화되어 있으니 서로의 근황과 기분을 속속들이 알지만 "그렇군요!" 이상의 선 넘음이 없다. 서로가 서로의 개인적인 일에 관심은 두되 관여하지는 않는다. 물론 내가 가장 많이 징징거리는 유약한 정신의 소유자인 데다 욕만 잘하는 겁쟁이라 두 분의 짜증을 유발할 때도 있는 것 같긴 하지만….

각자 가고자 하는 인생의 방향은 달라도 라꾸쁘에서 하고 싶은 일에 대해선 서로 지향점이 같아서 다행이다. 이 왕성한 식욕과 음주욕을 지속가능한 인생의 즐거움으로 바꾸어 보자는 것, 이 공간에서 함께!

밤 11시의 전쟁

밤만 되면 치밀어 오르는 식욕과 싸운다. 한 번도 속 시원하게 다이어트에 성공한 적 없지만, 그렇다고 팔 자려니 하며 식욕을 온전히 받아들인 적도 없다. 식욕 이 100이라면 90 정도는 누르며 살고 있는데, 그마저 도 이렇게 힘들다.

¶

어젯밤도 참지 못했다.

배달의민족 어플로 혼술용 참치 1인분을 시켰다. 야식은 보통 2~3만 원대나 하니 이게 모이면 꽤 큰 금액이 통장을 빠져나간다는 걸 알지만, 그 계산을 할 줄 아는 이성이 있었다면 야식을 시키진 않았겠지.

오밤중에 야식 주문을 하는 건 보통 이런 경우다. 할 일이 여전히 남았는데 그 업무의 과중함이 술 한잔으로는 해결되지 않을 때. 물론 일찍 자고 일어나서 일을 해도 되고 그냥 빈속으로 해도 되지만, 그 어떤 이유를 갖다 붙여도 야식을 먹어야 하는 이유가 논리적으로 늘 우세하다. 휴대폰에 얼굴을 들이밀어 얼굴인식 카드결제를 끝낼 때까진 적어도 그 논리가 옹골차게 완벽하다.

저녁 8시 이후가 되면 매번 식욕과 절제 사이 번뇌가 싹을 틔운다. 저녁을 좀 거하게 먹은 날엔 (나도 사람인지라) 야식 생각이 잘 나지 않지만, 보통은 저녁을 가볍게 먹고 6시 이후엔 공복을 유지할 요량으로 식단 관리를 하다 보면 11시 이후부터 나와의 싸움이 시작된다.

모든 '야식러'들이 그러하듯 냉장고 문을 열었다 닫았다를 일단 반복한다. 아무리 텅 빈 냉장고라도 열 때마다 어떻게든 요리해 먹을 수 있는 식재료가 눈에 띈다. 하다못해 대파, 계란, 케첩만 있어도 중국집 못지않은 볶음밥을 만들 수 있다.

한번 냉동실 문을 열었다 하면 그때부턴 욕망을 참기가 더 힘들다. 냉동만두는 구세군이다. 회사 선배가 언젠가 냉동만두야말로 현대인의 구황작물이라고 말한 적이 있는데, 그 후론 보릿고개를 넘어가는 것도 아니면서 냉동만두를 늘 비축해둔다. 기름에 바삭하게 구우면 완벽한 화이트와인 안주가 되니까.

작년부터 우리 집 냉장고에는 퀄리티 좋은 간편식이 가득

차 있다. 유명 맛집의 떡볶이나 쌀국수, 반찬 세 가지와 병아리콩 섞은 밥으로 구성된 500킬로칼로리 미만의 꽤 훌륭한 도시락은 해동만 하면 만족스러운 한 끼 식사가 된다. 그밖에도 먹을거리는 넘친다. 얼린 삼겹살과 한우 갈빗살, 먹고 남긴 피자 세 조각, 엄마가 끓여주고 간 꽃게탕…. 어떤 선택을 해도 이 밤이 행복할 것을 알기에 고민은 자꾸만 깊어져간다.

냉장고 문을 어서 닫으라는 쨍한 경고음이 적막한 집 안에 작은 진동을 주면 내 고개는 덩달아 발끝을 향한다. 곧 한숨 같은 것이 삐져나오는데, 대개는 내가 진다. 나에게.

야식을 향한 욕망 드라이브에 기름을 붓는 몇 가지 아이템이 있다. 야식을 참기 위한 나의 첫 번째 노력은 이 '야식 증폭제 음식'을 집에서 없애는 것이다. 부엌 찬장 안쪽에 쌓여 있는 짜파게티와 비빔면은 원흉 중의 원흉이다. 야식욕이 폭발할 때 이 두 가지가 발견되면, 아차 하는 사이에 이미 550밀리리터의 물이 냄비에서 끓고 있다.

먹고 싶은 욕망을 참는 일은 습관이자 훈련인데, 나는 이미 너무 많은 충동을 실천에 옮겼고 그 쾌감을 달콤하게 맛본 바 있다. 그러니 멈추기가 쉽지 않다.

한번은 국수 기행 기사를 쓰기 위해 방문했던 홍성 '홍북식당'의 안 매운 칼국수가 갑자기 떠올랐다. 그 뜨끈하고 개운한 국물과 쫄깃하게 씹히는 칼국수의 조화가 머릿속을 가득 채우기 시작했다. 토요일 밤 11시가 다 된 시간이었다.

결국 참지 못하고 기어이 차를 끌고 홍천으로 내려갔다. 내려가면서 호텔 앱으로 칼국수집 인근의 온천 호텔을 예약했다. 이곳에서 1박을 한 뒤 아침에 온천까지 야무지게 끝내고는, 칼국수 한 그릇을 개운하게 먹었다. 그러곤 곧장 다시 서울로 올라왔다.

이 글을 쓰는 지금 이 순간도 그 칼국수가 너무 그립다. 당장 시동을 걸 심정으로 자동차 키를 손에 꼭 쥔 채 검색해보니 그사이 덕산으로 가게를 옮겼고, 그때보다 훨씬 많은 인파가 몰리는 맛집이 된 듯하다. 조만간 어느 토요일 밤, 컴컴한 고속도로를 신나게 달리는 일이 또 일어날지도 모르겠다.

야식 욕망을 멈추기 위해 물론 노력도 한다. 주로 정신수양에 가까운 방법들인데 가끔은 통할 때가 있다.

우선 TV를 켜지 않는다. 먹방뿐만 아니라 거의 모든 프로그램이 야식을 떠올리게 하니까.〈나 혼자 산다〉나〈놀라운 토요일〉처럼 먹는 장면이 중요한 포인트로 작용하는 프로그램은 물론이고,〈어서와~ 한국은 처음이지?〉〈다큐 3일〉같은 프로그램도 위험하다.〈그것이 알고 싶다〉혹은〈8시 뉴스〉정도가 안전할까? 일단 야식을 끊으려면 TV부터 끄고 볼 일이다.

야식을 참는 두 번째 방법은 '옷장 탐색'이다. 먹는 것만큼이나 내가 좋아하는 건 세일하는 옷을 득템하는 일. 잘 팔리지 않아 결국 아울렛까지 간 독특한 디자인의 옷들이 내 옷장에 빽빽이 걸려 있다. 몇 번 입지도 않았는데, 누구한테 보여준 적도 없는데, 그 팔팔한 옷들이 점점 시들어가는 걸 눈으로 확인하면 그래도 좀 식욕 억제가 된달까. 버튼이 잠기긴 하지만 내가 상상하던 스타일은 거울 속에 없다. 냉장고 문을 여는 횟수만큼 옷장 문을 열어가며 식욕을 참는다.

그다음으로 효과가 좋은 건 다이어트에 자극되는 말들을 되새기는 것이다. 어쩜 폭력적이라고도 할 수 있는 주변 사람들의 말들이지만, 이왕 식욕을 참고자 마음먹었다면 스스로에게 가학적인 방법을 사용해본다.

"살 빠졌을 때 예뻤잖아, 너" 혹은 "자기 요즘 얼굴 벌크업 해?" 같은 말을 굳이 곱씹는 것. 어느 날 SNS에 올린 기름진 햄버거와 맨하탄 칵테일 사진에 정말 점잖고 한없이 상식

적인 한 지인이 달았던 "어허, 살쪄요"라는 댓글 같은 것도.

엄마의 전매특허 '세상 절망적인 말투'도 아주 도움이 된다.

"너, 주변에 봐라. 애 둘씩 낳고도 너보다 날씬한 애들이 얼마나 많노. 지난번에 살 빠졌을 때 다리도 예쁘고 얼굴도 예쁘고 얼마나 새침하게 예뻤다고. 아예 포기해버리면 금세 더 찐다. 모르나? 큰일이다, 큰일이야."

이 방법까지 쓰면 식욕이 그나마 좀 사그라든다. 멘탈은 마구 너덜너덜해지겠지만 식욕은 약간 잠재울 수 있다.

그래도 여전히 냉장고로 자꾸만 시선이 향한다면 굶고 일어났을 때의 그 가벼움을 상상하는 것으로 마지막 사력을 다해본다. 약간의 허기짐, 어제 참길 잘했다 싶은 붓기 빠진 얼굴, 어쩐지 좀 헐렁해진 것 같은 잠옷바지의 고무줄, 흔적 없이 말끔한 주방, 무엇보다 개운하고 가뿐한 그 기분을.

이 모든 방어전을 다 펼치면 오늘은 정말 야식을 참고 잘 수 있을까?

미치도록 소주가 땡기는 날

소주를 향한 나의 욕망을 풀어내자면 책 한 권도 거뜬히 쓸 수 있겠지만, 19금부터 추접스러운 일화까지 차마 출판하지 못하는 내용이 훨씬 더 많을 것 같다.

¶

주변 사람들은 익히 알고 있는 사실인데, 나는 잊을 만하면 소주 타령을 늘어놓는다. 갑자기 밥을 먹다가도 소주 먹고 싶다고 한탄을 하거나 귀여운 카페에 가서 뜬금없이 소주를 그리워한다. 앉았다 일어서면서도 "아이쿠, 시원한 소주 한잔 땡기네"; 휴대폰을 침대에 집어 던지면서도 "퓨, 소주 한잔 같이 마실 사람도 없고" 하는 말을 새는 방귀처럼 내뱉는 식이다.

유난히 산이 높았던 원고 마감을 끝낸 직후나 연일 격무로 피곤이 웻수트처럼 온몸에 착 들러붙었을 때 그 증상은 더 심해진다. 일주일 넘게 해외 출장이나 여행을 다녀오면 여지없이 이 '소주욕'이 발동한다. 온갖 종류의 술을 시음하고 음미하는 직업을 가졌는데 왜 하필 소주가 애타게 목마르는 순간이 오는지는 나도 의문이다.

에디터로 일할 때 소주 비교시음 기사를 두 번 정도 쓴 적이 있다. 그런데 잡지가 나가고 독자 항의 전화가 왔다. 세상에 좋은 술도 많은데 왜 하필 가장 싸고 가장 몸에 해로운 술을 소개하느냐는 거였다. 몇 천, 몇 억짜리 고가의 자동차와 시계를 다루면서 술은 왜 값싼 소주를 추천하느냐는 불만이었다.

나는 한동안 수화기를 붙잡고 전달되지도 않을 조용한 끄덕임을 연신 반복했지만, 전화를 끊고 나서는 한없이 억울해졌다. "알고 있는데요… 뭐 그렇기는 한데요, 그게 또 막상 그렇지만은 않지 않나요? 그렇잖아요, 안 그래요?" 물론 속으로만 외쳤다.

소주는 달콤한 감미료를 더한 알코올일 뿐이다. 귀한 오크통에서 향을 입힌 술도 아니고, 십수 년을 숙성시켜 시간의 가치를 입힌 술도 아니다. 360밀리라는 애매한 용량에, 17도라는 미적지근한 도수에, 손가락 두 개로 잡히는 요상한 크기의 술잔에 마시는 꽤 단순한 술이다.

그런데 이 술에는 희한하게 '기억'이 덕지덕지 붙는다. 유난히 달게 넘어간다 싶은 날에 생겨난, 나만 알고 싶은 서사 하나쯤은 누구나 있지 않나. 다음 날 아침 일어나 샤워기 대가리를 깨부수고 싶을 정도의 괴로운 기억도, 박하사탕처럼 유난히 개운했던 술자리의 기억도, 모두 소주를 중심으로 얽혀 있다. 서민의 술, 한잔의 위로 같은 고리타분한 수식은 (제발 좀) 저 멀리 치워버리더라도 소주는 그 자체로 샘솟는 이야깃거리의 원천이다.

불현듯 미치도록 소주가 땡기는 이유가 도대체 뭘까 혼자 자문해본 적이 있다. 와인, 맥주, 위스키, 주정강화 와인, 전통주, 진, 럼…. 손만 뻗으면 원하는 술을 꺼내 마실 수 있는 넉넉한 술 창고를 보유하고 있지만 유일하게 집에 소주가 없어서? 하루걸러 하루씩 소주를 신나게 마시던 시절, 온갖 인맥으로 일상이 북적이던 20대 시절이 그리워서? 부끄러운 기억이든, 자지러지게 즐거웠던 기억이든, 일상의 새로운 수다거리를 만들고 싶어서? 사실 모두 맞고 또 모두 틀리기도 하다.

인과관계가 뒤죽박죽된 생각 속에서 어렴풋이 뽑아낸 규칙이라면, 크고 작은 성취욕이 찾아온 뒤에 여지없이 '소주욕'이 따라온다는 사실이다.

소주가 내 머릿속을 채우는 상황은 크게 두 가지다.

하나는 무언가 꽤 근사한 일을 성취했을 때다. 빵빠레를 부를 정도의 업적이 아니어도 상관없다. 윗입술을 아무리 깨물어도 웃음이 새어나오는 뿌듯함이 느껴지는 일을 달성하고 나면 유독 소주가 당긴다. 마음을 졸이면서 온몸을 앓으면서 했던 일, 온갖 신경세포를 다 끌어내 집중했던 일을 마침내 끝냈을 때면 그 개운함을 소주로 만끽하고 싶다.

성취욕이 최고로 치달았을 때는 체력이 밑바닥을 칠 때가 많다. 몸은 노곤노곤한데 기분은 팔랑팔랑하고, 소주가 눈앞에서 출렁출렁하는 밤이면 이보다 적절한 건 없다 싶다.

간절히 소주를 찾는 또 다른 상황은 그 정반대 경우, 패배감에 휩싸였을 때다. 원하던 일을 성취하지 못하고, 내가 우주의 먼지나 돼지가 된 것 같은 시커먼 좌절감을 맞닥뜨릴 때다. 자존심이 마구 뭉개질 때, 기회가 한 번 더 오더라도 똑같이 실패할 게 자명한 내 잘못으로 일을 그르쳤을 때, 우주의 기운과 행운이 나만 쏙쏙 비켜갔다는 걸 확인할 때, 일도 돈도 사람도 다 잃은 것 같을 때….

월급을 벌기 위해 일을 해본 사람은 알겠지만, 성취감과 패배감은 쉼 없이 교차된다. 아이러니하지만 어느 때엔 두 감정이 동시에도 찾아온다. 그래서 퇴근 무렵, 소주 한잔 생각안 나는 날이 드물었달까.

격동의 회사원에서 비교적 평온한 프리랜서가 되면서 긍정적으로 바뀐 것이 백만 가지지만, 딱 하나 아쉬운 게 있다면 소주 맛이 예전 같지 않다는 점이다. 터질 듯한 성취감도 타오르는 패배감도 없는 다소 밋밋한 평화가 이어지다 보니 소주 자체를 마실 일도 갈수록 줄어든다. 어쩌다 마셔도 생각보다 달지 않다.

프리랜서 2년 차가 넘어가는 요즘, 소주에 대한 갈망이 점점 짙어지는 건 차가운 소주 맛 때문만은 아닌 듯하다. 일상 속의 소주 타령이 잦아질수록 나는 소주다운 소주를 마시기 위해 매일 밤 기회를 노린다. 드라마 〈유나의 거리〉의 동네 사람들이 마시듯이 차지게, 드라마 〈눈이 부시게〉의 혜자와 준하가 마시듯이 그렁그렁하게 소주잔을 비우고 싶은데….

요즘 매일 밤 소주에 대한 욕망이 조금씩 커지고 있다. 퍼르댕댕할 정도로 밝은 불빛 아래, 소주 표면에 형광등이 반사되는 걸 보면서 마시고 싶다. 야외 포장마차에서 소주를 마시다 마땅히 젓가락 놓을 곳이 없어 소주잔 위에 나란히 걸쳐 놓고 싶다. 맥주 글라스에 괜히 소주를 콸콸콸 붓는 걸로 소심한 일탈을 하고 싶다. 소주 한 잔 털고 밑반찬 하나 찔끔 집어먹고 싶다. 소주가 남아서 안주를 시키고, 안주가 남아서 소주 시키는 일을 반복하고 싶다. 돼지 부속구이의 기름기를 소주로 바득바득 씻어 내리고 싶다. 내 잔에 내가 소주를 따르는 쿨한 내 모습을 보고 싶다. 별로 안 취했는데 소주 한 잔 털고 취한 척하고 싶다. 한 손에 소주잔을 쥔 채 다른 한 손으로 턱을 괴고 앞 사람을 뚫어져라 쳐다보고 싶다. 나도 모르게 취해서 소주잔에 앞니 쾅 부딪히고 싶다. 아직 안 비운 병이 테이블 위에 버젓이 있는데도 "여기 한 병 더요!" 하고 싶다. 앞 사람의 지리한 이야기를 들으며 파르르 흔들리는 소주의 표면장력을 관찰하고 싶다.

'소주'와 '일'과 '혼자 있는 방'이 제각각 정신없이 시끄러운 환장의 콘트라스트를 즐기고 싶다.

오늘도 차 안에서 '고독한 미식가'

사회초년생들이 돈 모아 펀드 투자할 때 나는 덜컥 자동차부터 샀다. 자동차, 그것은 나의 1평짜리 전용 파우더룸이자 전용 사무실이자 전용 맛집.

¶

신문사 인턴 하던 시절 만난 여기자 선배가 어느 날 이런 말을 했다.

"내 인생 목표는 서른 전에 차를 사는 거였는데 그걸 이뤘지. 서른 전에 이혼도 했지만 그건 뭐 아무것도 아니고. 하지만 차는 정말 중요해."

그 말을 나는 5년 동안 가슴에 새겼고 스물아홉 가을에 차를 샀다. 펀드도 적금도 아닌, 순수하게 저금으로 모은 2천만 원을 한 번에 계좌이체 했더니 정말로 택배 오듯 집 앞으로 차가 왔다. 어디든 갈 수 있다는 자신감, 갑자기 움직이고 싶을 때 그걸 실현시켜주는 기동성, 진공 상태에 들어간 듯 조용히 쉴 수 있는 공간이 생겼다는 안도감이 차와 함께 배달됐다.

바퀴는 콩알만 하고 창문은 대문짝만 한 귀여운 박스카지만, 9년째 이 차를 모는 내 마음은 한없이 비장하다. 차가 있기에 나는 앞으로 거침없이 나아가는 커리어우먼이 된다.

자동차가 필요한 내적·외적 이유는 셀 수 없이 많다. 촬영 소품을 운반할 일이 많고, 깊은 밤이나 이른 새벽에 취재를 나가는 일도 잦았다. 촬영 스태프와 다 같이 이동해야 하는 일이 많은데, 늘 피곤한 촬영팀에게 운전대를 잡게 하는 것도 신경 쓰였다.

시간에 쫓겨 빠르게 움직여야 하는 일이 많아 택시를 자주 탔는데 그때마다 여지없이 멀미를 했다. 브레이크를 눈 깜빡이듯 밟아대는 택시에선 5분 만에 어지럼증이 왔고, 각종 찌든 내와 담배 냄새 그리고 꼰대 냄새가 동시에 몰려오면 1분 만에 토하고 싶어졌다.

내 차가 생긴 날, 나는 택시 스트레스로부터 완전히 해방됐다. 주차비, 자동차세, 보험료, 교통체증 따위는 그에 비하면 한없이 가벼웠달까. 지금도 운적석에 앉아 가끔 이런 생각을 한다. 지금 내 차의 꼴이 그 옛날 택시 뺨을 후려칠 만큼 낡고 더러워졌지만, 내 자가용과 그 택시에서 보낸 시간의 결은 천양지차라고.

거의 매일 1시간 반에서 2시간을 차에서 보냈다. 프리랜서 생활을 하면서부턴 그 시간이 좀 더 길어졌다. 시간을 더 촘촘하게 쪼개 써야 하는 일이 많아지다 보니, 운전하는 시간만이 일에서 벗어나는 강제 휴식 시간이 됐다.

운전이 꽤 익숙해진 후부터는 차에서 화장하는 작은 습관이 생겼다. 지하철도 아니니 남들에게 폐 끼칠 것도 없고, 신호 대기하는 시간을 다 합쳐 화장하면 아침에 15분은 더 잘 수 있다는 계산으로 시작된 습관이다. 신호가 걸렸을 때 오른쪽 눈 마스카라, 다음 신호에서 왼쪽 눈 마스카라, 강변북로에서 차가 꼼짝 않을 때는 눈썹도 그린다. 립스틱 정도는 안 보면서도 바른다.

각종 금융 상담 업무도 차에서 스피커폰으로 해결한다. 차에서 통화를 하면 대기 시간이 길어져도 별로 짜증이 나지 않고, 도로의 백색 소음과 함께 상담을 받으면 상대방도 어쩐지 속도를 내주니까.

그리고 최근엔 차에서 식사도 해결하는 경우가 늘었다. 미팅과 미팅 사이의 시간을 비집고 끼니를 해결해야 할 땐, 식당을 찾고 주차를 하고 음식을 기다리는 일이 번잡스럽기만 하다.

시작은 편의점 삼각김밥이었다. 언젠가 다큐멘터리에서 이영애가 차 안에서 삼각김밥 먹는 모습을 본 적 있는데, 그런 근사한 모습을 상상하면서.

하지만 삼각김밥은 늘 실패다. 배를 채울 만큼 양이 많지도 않으면서 자극을 줄 만큼 맛이 강하지도 않고 밥은 늘 떡처럼 뭉그러져 있고 내용물은 늘 모자랐다.

김밥으로 바꿔봤지만 탁 트인 전망과 넓은 잔디가 있지 않은 한 김밥은 제맛을 내지 못한다. 비록 정차했을 때 주섬주섬 먹는 식사라도 그런 식으로 간단히 때우고 싶지는 않다. 음식 냄새도 의외로 오래 남는다. 한번은 충무김밥을 차에서 먹었는데 그 섞박지의 시큼털털한 냄새가 석달 열흘은 갔다.

그런 의미에서 샐러드나 샌드위치는 최악의 선택이다. 샐러드는 주차하지 않는 이상 포크로 내용물을 고루고루 찍어 먹기가 힘들고, 샌드위치 역시 두 손이 필요한 음식에다 내용물이 너무 쉽게 흐른다. 무엇보다 차 안에서 애처롭게 하는 식사인데 맛까지 맹맹해버리면….

몇 번의 실패를 거치며 내가 찾은 대안은 만두다. 따끈하게 바로 쪄서 나온 만두는 한 팩으로도 속이 든든하고 먹기도 쉽다. 홍대 부근에서 일이 끝나면 꼭 '마포만두'에서 갈비만두를 포장해 차에 오른다. 만두 한 알에 단무지 반 개를 함께 입에 넣으면 자극적인 불맛이 즉각적으로 퍼지면서 공복의 야수성을 달래준다.

백화점이나 푸드코트가 가까운 곳에서 일이 끝나면 닭강정과 비빔밥을 메뉴로 자주 고른다. 닭강정은 보일 때마다 사먹는 최애 메뉴인 데다 자동차 컵홀더에 쏙 들어가서 편하기도 하다. 비빔밥은 차 안 식사에서 최고의 만족감을 선사하는 메뉴다.

일단 밥을 비벼두고 적당한 곳에 차를 세운 뒤 신나게 퍼먹거나 사거리 긴 신호에 걸렸을 때 여유롭게 즐긴다. 우울한 기내식조차도 먹을 만한 것으로 만들어주는 비빔밥이니 말해 뭐해…. 볶은 쇠고기가 잔뜩 들어간 비빔밥을 고른 날에는 웬만한 맛집보다 낫다는 생각이 든다.

외근이 많아지면 〈고독한 미식가〉처럼 외근지에서 혼자 먹는 끼니에 꽤 많은 것을 걸게 된다. 자주 가보지 못했던 동네에서 미팅이 잡히면, 그 주변 혼밥할 맛집을 찾느라 마음이 속절없이 들뜬다.

지난 1년간 보부상처럼 미팅을 오가면서 가장 자주 찾은 혼밥집은 청담동의 '카츠로우', 성수동의 '소문난성수감자탕'이다. 카츠로우는 청담동 좁은 골목에 발렛을 맡기지 않고도 늘 주차할 자리가 있다는 점, 돈을 좀 주고서라도 제대로 만든 미소카츠를 먹을 수 있다는 점에서 나만의 고독한 미식가 코스로 낙점했다. 브레이크 타임이 없고 연중무휴라는 점에서도 놀라운 점수를 주고 싶은 곳이다. 일이 언제 끝나든 어느 요일이든 카츠로우 돈까스를 먹을 수 있다는 희망은 늘 밝게 빛난다.

소문난성수감자탕 역시 24시간이다. 늘 소주 손님으로 그득해 소주 한 병과 차를 맞바꿔버리고 싶다는 유혹에 시달리는 곳이지만 가게 앞, 뒤, 옆, 그리고 화장실 가는 길 앞까지 차를 댈 수 있다는 점이 마음에 든다. 입구에 1인 전용 테이블이 있다는 점도 나를 자꾸 끌어당긴다.

창문을 보고 앉는 좁고 길다란 테이블인데, 의도한 것인지 모르겠지만 자세히 보면 테이블이 내 몸 쪽으로 5도 정도 기울어져 있다. 마지막 남은 감자탕 국물까지 수월하게 떠먹으라는 건가? 그렇게 저절로 기울어진 뚝배기의 마지막 국물까지 싹 비우고 나면 칼로리와 에너지가 최대치로 충전된다. 어떤 일이든 다 해낼 수 있을 것 같은 기운으로 운전대에 다시 앉는다.

혼밥이란 무엇인가

아무리 혼밥이라도 누군가의 시선이 필요하다. 집에서 혼자 밥을 먹을 때, 끝도 없이 게걸스러워지는 나를 발견한 뒤 내린 결론이다.

¶

혼자 쌓아올린 혼밥의 역사가 10년이 넘어가다 보니, '혼밥'이라는 단어만으로는 혼밥 생활의 모든 것을 설명할 수 없는 지경에 이르렀다.

나는 혼밥의 차원을 '시선의 유무'로 나눈다. 아침에 일어나 혼자 뭘 차려 먹는 일, 야식을 참을 수 없어 저지르고야 마는 배달음식과의 독대 같은 일은 혼밥보다는 그저 일상의 식사에 가깝지 않을까.

혼밥은 (적어도 내 기준엔) 집이 아닌 곳에서, 그리고 누군가의 시선이 있는 상태에서, 다른 테이블에 둘씩 넷씩 모여 앉은 사람들이 있는 가운데 우뚝하게 홀로 앉아 오직 차려진 밥만을 앞에 둔 식사를 일컫는다.

어설프게나마 혼밥을 나름대로 정의한 데는 다 이유가 있다. 지금부터 아주 더럽고 게걸스럽고 사회적 체면이 염려되는 폼 안 나는 이야기를 털어놓을 것이기 때문이다….

그 누구도 없는, 그야말로 혼자만의 혼밥은 절대 보여주고 싶지 않은 나의 은밀한 사생활이다. 아무도 보고 있지 않기 때문에 가둬왔던 욕망을 폭발시킨다.

하정우가 김을 세로로 우악스럽게 먹는 장면을 두고 대중들은 아직도 웃음기를 거두지 못하지만, 나는 그 장면이 거울 속 나를 보는 것 같아 볼 때마다 얼굴이 화르륵 달아오른다. 전기밥솥의 밥통을 끼고 앉은 내 모습이 마치 그와 같달까.

자취 시절, 야식으로 남은 치킨을 보온 밥솥에 보관했다가 일어나자마자 그걸 먹어치우면서부터 고삐가 풀리기 시작한다. 저녁에 술 따라 마시던 잔을 훌렁 씻어 그대로 물컵으로 쓰고, 손바닥만 한 작은 접시에 밥부터 반찬까지 층층이 쌓아 올려 마구 섞어 먹는 것쯤은 양반이다. 하필 씻어둔 젓가락이나 포크가 없으면 숟가락 하나로 밥부터 반찬까지 다 퍼먹기도 한다. 그러다 잘 안 잡히는 진미 오징어채는 별

고민 없이 손으로 주워 먹기도 하고.

어느 날은 밥솥에 남은 밥이 오래돼 군데군데 누룽지처럼 딱딱하게 눌러 붙어 있었는데, 그걸 기어이 미역국에 말아 먹다가 어금니 빠진 권투선수처럼 자꾸 뭘 하나씩 뱉어가며 식사를 힘겹게 이어간 적도 있다.

전날 밤 시켜먹은 보쌈에 딸려온 콩나물국은 냉장고에 넣어뒀다가 다음 날 배달시킨 제육덮밥과 함께 먹기도 하고, 음식물쓰레기 통에 버리러 가던 라면 국물을 싱크대 앞에서 마지막으로 한 숟가락 떠먹기도 한다. 김치볶음밥을 볶다가 웍을 너무 힘차게 돌린 나머지, 밖으로 튀어나간 밥풀들을 주워 먹은 적도 생각보다 많고, 귀한 간장게장을 집에서 혼자 먹을 땐 손가락을 빨다 못해 손바닥까지 핥은 적도 솔직히 한 번, 아니 두 번 있다.

혼자 사는 집이라서, 집에선 늘 너무나 편한 행색이라서, 바닥도 없이 이렇게 혼밥의 격이 무너지나 싶었는데 사실 생각해보면 호텔에서 '인 룸 다이닝'을 할 때도 마찬가지였다. 신발을 저 멀리 던져버리고 속옷 위에 두툼한 가운만 걸친 채, 〈타짜〉의 정마담 기세로 한쪽 무릎을 세우고 침대에 앉아 TV를 보며 식사했다. 아무도 보는 사람이 없으니 그 팬시한 호텔에서도 나는 먹는 일 외에는 아무 신경도 쓰지 않았다.

그러다 어느 날 마치 유체이탈을 한 듯 제3자의 시선이 된 기분으로, 너무나도 야성미 넘치게 혼밥하는 내 모습을 멀찍이 바라보게 된 적이 있다. 참 맛있고 여전히 행복한 식사였지만 격조가 없었다. 자연스럽고 편했지만 품위가 없었다.

너무 익숙해진 탓에, 안경알이 더러워진 것도 모른 채 그저 잘 보이는 줄만 알고 살았다는 생각이 들었다. 안경을 닦고 개안하고 싶었다. 그러려면 혼밥에도 '시선'이 필요하다는 걸 뒤늦게 깨달았다.

밖에서 외식할 때면 입가에 뭐가 묻진 않았는지, 행여나 큰 소리 내며 먹는 건 아닌지, 고개를 너무 푹 처박고 먹는 건 아닌지, 혹시 아는 사람이 다가와 인사하는데 먹는 데 정신 팔려 모르는 건 아닌지, 혼자서 메뉴 두 개 시킨 걸 보고 누가 웃는 건 아닌지, 늘 약하게나마 신경을 썼다. 그게 스트레스라기보다는 되려 더 정갈한 혼밥을 위한 기폭제가 됐다.

게걸스러운 나를 자각한 뒤론 집에서 혼밥을 할 때도 시선의 장치를 마련했다. 내가 찾은 답은 인스타그램이다. 그러니까 나는 SNS를 통해 개안했다. 아직도 '#sonmorning'이라는 해시태그로 검색해보면 그때 그 개과천선의 몸부림이 남아 있다. 아침잠을 조금 줄이고 부지런히 아침상을 차린 뒤 사진을 찍어 인스타그램에 올렸던 기록들.

찬장 구석에 박혀 있던 비싼 그릇을 꺼내고, 숟가락과 포크에 남은 물 얼룩도 지우고, 모양을 살려 음식을 만들고 예쁘게 먹었다. 혼밥이지만 누군가의 시선을 기꺼이 식탁 위로 초대했다. 소꿉장난처럼 차리기만 하느라고 맛은 없을 것 같다고? 아니 더 맛있다.

'사진빨' 잘 받으라고 달걀프라이에 후추도 양껏 치고, 채소는 싱싱한 걸로 자주 사서 먹으니 식사의 맛과 품질이 더 올라갔다. 똑같이 쇠고기를 구워 먹어도 접시에 깻잎을 깔고 그 위에 소고기를 한 점씩 올려서 먹었다. 예전이라면 씻은 깻잎을 툴툴 털어 깻잎 봉지에 그대로 얹어놓고 먹었겠지만, 누군가 보고 있다는 의식이 게으른 나를 제어했다.

자연스레 요리 자체에 더 관심을 갖게 되었고, 그릇 사 모으는 취미가 생기고, 다양한 식재료의 세계에 눈을 떴다.

혼밥은 '간단히 먹고 치우는' 도시인의 일상일 수 있지만, 어떻게 즐기느냐에 따라 혼밥도 제각각 결이 다르다. 이제는 밖에서 혼밥을 하는 게 머쓱하다거나 무안하지 않다. 오히려 주변에 사람이 있는 게, 나를 보고 있진 않지만 불특

정한 시선이 있다는 게 은근히 즐겁다. 그렇게 먹을 때 되려

더 맛있다.

다이어트는 하지만 술은 마십니다

매년 2킬로씩 꾸준히 증량하는 입장에서 다이어트는 산소보다 더 간절해졌지만, 지금껏 시도해본 다양한 다이어트에 한 번도 포함되지 않았던 전략이 있다. 그것은 바로 금주.

¶

걸그룹 멤버도 아니면서 다이어트는 늘 '해야 하는 일' 중 하나다. 먹고 마시는 일이 직업이라 자칫 정신줄을 놓으면 걷잡을 수 없이 살이 불어난다.

새로 생긴 핫한 레스토랑을 가기 위해 일부러 약속을 만들고, 새로 나온 술을 마시기 위해 바bar를 찾고, 기사를 쓰기 위해 새로 나온 라면 5종을 시식하다 보면 하루 권장 칼로리쯤은 우습게 즈려밟고 그 두 배도 훌쩍 넘긴다.

일 때문에 알게 된 친구들은 모두 미식, 대식, 괴식가인 데다 소주는 맥주 글라스에 자연스럽게 따라 마시는 수준들이다 보니 함께 어울려 다니려면 다이어트는 일찌감치 포기해야 한다. 어떨 땐 하루에 저녁 식사를 두 군데서 할 때도 있다. 남들이 하룻밤에 두세 군데 바를 도는 '바 호핑Bar Hopping'이란 걸 한다면 우리는 '밥호핑'을 한다고나 할까.

"이 동네까지 온 김에 여길 안 들르고 갈 순 없지"라며, 더 이상 저장 공간이 없을 것 같은 위장을 으쎠으쌰 움직여 기어코 자리를 만들어낸다. 그렇게 신나게 먹고 마시고 잠까지 잘 자고 일어나면 "아 망했네, 다이어트해야 되는데!"라는 탄식이 모닝커피보다도 더 일찍 정신을 깨운다.

이 패턴을 일주일에 두세 번씩 반복하는 삶을 살았다. 그랬더니 꾸준히 조금씩 소리 소문도 없이 차곡차곡 살이 쌓여 어느새 10킬로 넘게 증량을 하고야 말았다.

다이어트에 크게 성공한 적이 딱 한 번 있긴 하다. 집에서 일본식으로 아기자기한 혼밥을 차려 먹겠다고 집 앞 슈퍼마켓에서 고등어 두 토막을 사다 먹었다가 크게 탈이 났다. 고등어를 어설프게 익혀 먹은 지 3일째 되던 날, 갑자기 오한과 고열이 비트박스처럼 번갈아 온몸을 두드리더니 결국 침대에 쓰러지고야 말았다.

침대 밖으로 물 한 모금 마시러 나갈 힘도 없는 탈수 증상이

이어지고, 그 후로도 밥을 제대로 먹지 못하다 보니 어느새 바지 허리춤에 빈 공간이 생겨났다. 이상하게 라면을 끓이면 하나를 채 못 비우고, 배부른 게 영 불편했다. 크게 앓고 보니 안 아픈 상태로 푹 자는 게 이렇게 달콤한 일이었던가 싶어 일찍 잠들었고 물도 의식적으로 많이 마셨다. 그즈음 친구 손에 이끌려 쫄래쫄래 요가원을 찾았다가 재미를 붙여 꾸준히 운동도 했다.

그러던 어느 날 엘리베이터에 비친 내 옆모습에서 놀라울 정도로 태가 났다. '오메, 뭐야 이거. 이 추세라면 루즈핏을 입으면 정말 루즈해 보이겠는데?'라는 생각마저 들었다. 하지만 그 후 다시, 꾸준히 조금씩 소리 소문도 없이 차곡차곡 살이 쌓였다.

다이어트는 결국 식사량을 줄여야 한다는데 찌개, 덮밥, 중식의 선택지 사이에서 점심 식사를 반복하고, 한번 숟가락을 들면 끝을 보는 거대한 식욕의 나로서는 이 기본조차 지키기 쉽지 않았다. 그래서 아침을 든든히 먹고 아예 점심을 건너뛰는 방법이 나름의 최선이었다. 그러다 보니 오후 5시 무렵이면 온갖 음식의 종류, 질감, 향기가 머릿속을 가득 채우곤 했다.

그렇게 음식에 대한 갈망이 한번 생겨나면 실밥 터지듯 갖가지 식탐이 우두두 쏟아진다. 회 한 점에 사케 한잔, 탕수육에 맥주 한잔, 우동 국물에 소주 한잔, 오일 파스타에 화이트 와인 한잔, 보쌈 고기에 20도가 넘는 술 두어 잔….

참아왔던 식욕이 술과 함께 터지면서 오후에 잠깐 날렵했던 허리춤이 앞뒤로 빵빵해질 때까지 저녁 식사를 즐기고 만다. 해만 떨어지면 매일 먹고 싶은 메뉴가 (매번 지치지도 않고) 다채롭게 떠오르고, 그에 어울리는 술까지 따라오는 게 가장 큰 문제였다.

심지어 메뉴를 정하면 그 메뉴의 최고 맛집이 머릿속에서 재빠르게 연관검색 된다. 돈과 시간만 있다면 맛있는 음식과 술을 먹으러 가는 일은 내게, 스타킹을 신고 구두에 발을 넣는 것처럼 쉽고 자연스러운 일이다.

이렇게 하루 두 끼를 먹으면 식사량은 그 전과 다를 바 없다. 결국 내가 택하는 가장 극단적인 다이어트 방법은 하루 한 끼를 먹고, 하루 한 잔만 먹는 '1일 1식 1잔' 다이어트다. 극단적이라는 말은, 그간 누려온 많은 즐거움을 녹슨 칼로살을 도려내듯 아주 괴롭게 포기해야 한다는 뜻이다. 갑자기 찾아가는 한밤의 포장마차, 먹고 싶을 때 곧바로 주문하는 배달음식, 뷔페도 아니면서 뷔페처럼 여러 가지를 시켜놓고 천천히 다 먹어 치우는 만찬까지 모두 끊어야 한다.
1일 1식에 왜 1잔을 덧붙이냐고 비웃는 사람들도 있겠지만, 나는 이 한 잔을 도통 포기할 수가 없다. 하루 일을 끝내고 돌아와, 조립이 좀 엉성하게 된 이케아 소파에 몸을 구기고 앉아 혼자 마시는 술 한 잔…. 손바닥에 폭 안기는 작은 잔에 따라 마시는 싱글 몰트위스키 한 잔, 냉장고에 두 달이고 세 달이고 넣어놨다가 달콤하게 홀짝일 수 있는 주정강화 와인, 코 밑에 두고 향부터 즐기는 레드 와인, 혀끝이 꼬부라질 정도로 새콤해서 기분 좋은 자극을 주는 사워 맥주, 입에 짝짝 들러붙는 들큰한 맛의 약주까지.

탄수화물을 끊는 다이어트니, 12시간 공복 다이어트니, 걸그룹 다이어트니 하며 어설프게 이것저것 따라해보긴 했어도 다이어트 때 술을 끊어본 적은 한 번도 없다. 식습관 조절은 물론이고 PT까지 열심히 받는 친구는 "그럼 말짱 도루묵"이라며, 알이 꽉 찬 도루묵처럼 입술을 두툼하게 내밀며 나를 한심하게 쳐다보지만 술 한 잔의 즐거움은 도저히 포기할 수 없었다.

급기야 차라리 1식을 반식으로 줄이고 와인 한 잔을 택하는 게 낫겠단 생각에 이르렀다. 너무 배가 고플 때 샴페인 한 잔을 마시면 호사스러운 만찬을 즐긴 것 같은 대리만족이 느껴질 때도 있으니까. 참을 수 없이 야식이 당겨 배달의민족 앱을 켰다 껐다, 장바구니에 족발을 넣었다 뺐다 할 때는 큼직한 얼음을 넣은 위스키 한 잔을 천천히 녹여 먹으며 마음을 달랬다. 대신 정말 딱 한 잔만 마셨다.

그렇게 저녁 대신 술을 택한 나만의 다이어트 법을 이어갔더니 3킬로 정도 찔끔 살이 빠졌다. 인내에 비해 열매가 어쩐지 많이 떨떠름하지만, 술 한 잔을 즐기는 밤이 유효하다면 나는 그 열매도 썩 나쁘지가 않다.

2년간의 르 꼬르동 블루

더 잘 먹기 위해, 그 경험을 더 잘 쓰기 위해 요리를 전문적으로 배우기 시작했다. 매주 토요일 아침마다 부은 얼굴로 칼자루를 잡으며 뼈에 새긴 한 가지. 요리는 다름 아닌 '운동'이라는 사실.

¶

음식과 관련된 잡지 콘텐츠를 만들면서 늘 마음속에 품어온 작은 욕심이 하나 있었다. 나도 요리를 좀 제대로 배우고 싶다는 것.

음악 평론가가 작곡을 해야 하는 것도, 문학 평론가가 시를 써야 하는 것도 아니지만, 나는 새로 생긴 레스토랑에 대해 기사를 쓰거나 셰프를 인터뷰할 때마다 아쉬움이 서걱서걱 씹혔다. 내가 요리에 대해 조금 더 안다면, 그 과정을 조금만 더 잘 짚어볼 수 있다면, 훨씬 더 재미있는 질문을 던질 수 있지 않을까? 식재료의 활용법을 조금이라도 더 안다면, 때깔 나게 찍은 화보 사진에 더없이 유용한 캡션을 붙일 수 있지 않을까?

지식을 더 확장하면 에디터로서의 내 능력이 향상될 것 같았다. 내 기사에 혹시 틀린 곳은 없는지 매번 스스로에게 물음표를 던지며 느릿느릿 퇴고하지 않아도 되고, 셰프와의 인터뷰를 정리하면서 다시 문자와 전화로 더블체크를 하지 않아도 될 것 같았기 때문이다.

그러던 어느 날 '르 꼬르동 블루 숙명 아카데미' 주말반이 비었다는 소식을 듣고 헐거운 고민의 시간을 가진 뒤 덜컥 등록해버렸다. 등록금은 싸지 않았다. 엄마가 잘 모아두라고 매번 강조했던 결혼 자금 통장을 훌러덩 헐었다. 버는 족족 쓰는 소비 생활의 틈을 비집고, 쥐어짜듯 힘겹게 모아둔 돈이었다. 등록금만으로도 통장이 텅 비었는데 칼 세트니 유니폼이니, 늘 그렇듯 예상보다 더 많은 돈이 준비물로 우르르 나갔다.

돈뿐만 아니라 시간도 투자했다. 매주 토요일 하루를 통으로 비워야 했다. 설과 추석을 제외하고 거의 매주 나가야 했기 때문에 한 달에 한 번씩 돌아오는 잡지 마감 시즌에도 여지없이 아침 7시에 일어나 8시까지 실습실에 도착해야 했다.

회사에서 밤샘 마감을 하다가 그 화장, 그 옷 그대로 요리를 하러 간 적도 많다. 박카스와 진한 아메리카노를 번갈아 마시며 정신을 차리지 않으면 손가락 두어 개가 날아갈까 봐 무서웠던 적도 많았다.

그간 집에서 요리하는 걸 즐겼고, 한바탕 장을 봐온 뒤 코스로 손님상 차리는 일도 자주 있었다. 재료비가 어찌나 많이 드는지 내가 초대해놓고 손님들에게 조커처럼 웃으며 재료비를 일부 걷은 적도 있다.

그때는 인터넷에서 본 레시피, 엄마한테 들은 레시피, 기사를 쓰면서 알게 된 레시피 등을 멋대로 조합해 요리했었다. 그걸 사진 찍어 SNS에 올리고 친구들에게도 인증샷을 남기라고 했다.

그런데 막상 본격적으로 요리를 배우기 시작하니 성실하게 남겨둔 기록들이 왠지 좀 부끄러워졌다. 허브를 쓸 때 뻣뻣

한 줄기도 버젓이 요리에 집어넣고, 샐러드에 들어가는 오렌지는 겉껍질만 까서 흰 속껍질이 질겅질겅 씹히게 그냥 두고, 안심 스테이크는 모양을 잡지 않아 울룩불룩했으며, 발사믹 소스를 만능 소스로 과용하질 않나, 파스타 소스는 제대로 유화되지 않아 흥건하게 분리되질 않나…. 그렇게 내 식대로, 나름대로 만족스러웠던 자유분방한 요리들.

정식으로 요리를 배우기 시작하면서부터 인증샷은 수없는 자기검열을 거쳐야 했다. 2년 코스를 마쳐도 내가 배운 것은 요만큼에 불과하다는 걸 알기에 자기검열을 통과하는 사진은 그 이후로 거의 없었다. 아이러니하게도, 요리를 배우기 시작하면서 요리 자신감은 수직 하강했다.

요리는 배운다고 느는 영역이 아니라는 사실을 아카데미 등록 전에는 몰랐다. 몇 도 오븐에 몇 분 넣는지 배운다고 그대로 요리가 되는 것이 아니었다. 재료를 몇 센티 크기로 자르는지 배워도 그렇게 완성하기까지는 또 반복된 훈련이 필요하다. 기계마다 오븐의 실제 온도가 다르고, 음식을 넣는 방향에 따라 열을 받는 양이 다르고, 내가 다듬은 재료의 두께, 그날의 온도, 식재료의 상태 등등에 따라 너무도 많은 변수가 매번 다른 결과를 만들기 때문에 배운다고 요리가 느는 것은 아니라는 걸 깨달았다.

일전에 골프 스윙 폼을 배우던 때와 비슷했다. 무릎을 구부리고 허리를 펴고 어깨 각도를 잡고 오른손 위치를 잡는 식으로 세세한 코치를 받아도, 정작 휘두를 때는 술이 잔뜩 취해 야구 연습장에 온 스무 살 대학생 같기만 하던 그때. 내 폼을 캡처 사진으로 찍어 레오나르도 다 빈치의 인체 비례도처럼 선을 그어가며 설명을 들어도 결국 스윙은 운동 감각이라는 걸 깨달았던 그때.

정해진 재료의 계량을 정확하게 하는 친구도 어느 날은 망친 요리를 셰프에게 먹이고 욕을 한 바가지 얻어먹었다. 저

울은 폼으로 들고 다니는 친구도 어느 날은 쌍엄지와 엑설
런트가 버무려진 특급칭찬을 받았다. 나는 그 중간 어딘가
에 끼어, 요리 순서를 확인 또 확인하며 에너지를 낭비하는
바람에 시간 내에 요리를 마무리 짓지 못하는 경우가 대부
분이었다.

칼을 쥐고 빠른 속도로 재료를 다듬고, 사람들과 부딪히지
않게 피해가며 주변을 정리하고, 불 앞에서 적절한 타이밍
을 찾고, 미세하게 온도가 다른 쿡탑에서 탱고를 추듯 냄비
를 이리저리 옮겨야 한다. 배우면 배울수록 요리가 춤이나
운동과 비슷한 영역이라고 느꼈다. 실제로 운동을 하는 것
만큼이나 체력이 소진되는 일이기도 했다.

아침부터 저녁까지 르 꼬르동 수업을 듣고 나오면 자동차
스티어링 휠을 잡은 두 손이 발발발 떨렸다. (정말 그런 일
이 드문데) 입맛도 없었다. 토요일 예능 프로그램이고 드라
마고 다 포기하고, 기름 냄새 쩔은 머리카락 그대로 침대에

누워 다음 날 아침까지 자기 바빴다.

2년간의 요리 수업은 그렇게 끝났고, 훈련 시간을 충분히 투자하지 못한 나는 요리 실력이 반의 반 뼘 정도 겨우 늘었다. 셰프들과의 인터뷰에서 유창한 지식을 뽐내거나 그렇게 만든 요리에 말을 보탤 만큼 기술이 늘지도 않았다.

다만, 셰프들과 인터뷰를 할 때면 새로운 기분이 든다는 게 득이라면 득이다. 올림픽 시즌마다 운동선수들과 인터뷰할 때 느꼈던 그 기운을 감지하게 된 것이다.

칼이나 도구를 가지고 수년간 자신을 단련해온 사람들이 하는 말에는 특유의 묵직하고 서늘한 포스가 있다. 한 분야를 반복적으로 훈련하고 통달한 사람만이 내놓을 수 있는 짧고도 명쾌한 답. 추론이나 이론을 말하는 게 아니라 자신이 직접 체득한 것을 이야기하는 사람만이 줄 수 있는 선명한 답이 있다.

달변가이거나 인터뷰 경험이 많아서 그 핵심을 더 효율적으로 전달하는 사람도 있지만, 그렇지 않은 사람에게서도 인터뷰거리로 뽑아낼 내용이 고구마덩굴처럼 주렁주렁 딸려 나온다.

운동선수나 셰프를 인터뷰하고 나면 소위 '기가 빨린다'는 기분이 드는데 난 그게 어쩐지 늘 좋았다. 이 기분을 '러너스 하이'에 빗대 '인터뷰어스 하이'라고 불렀는데 요리를 배우고 난 뒤에는 인터뷰어스 하이가 더 자주 찾아오는 것 같긴 하다.

그 덕에, 박살난 결혼 자금 통장 따위는 머릿속에서 말끔하게 삭제할 수 있게 됐다.

사랑은 유증기를 남기고

요리하는 뒷모습의 사진만 수십 장 남기고 떠난 그인 줄 알았는데, 온 집 안에 유증기도 남기고 갔다.

¶

누군가를 사귀기 시작할 때부터 나는 농담인 듯 웃으면서 꽤 무서운 협박을 한다.

"헤어지거나 찌질하게 굴면 다 글로 쓴다! 뭐 물론 익명이지만, 그런다고 피차 모를 리 없잖아. 그걸 읽는 마음이 썩 편친 않을 게다."

이게 사랑할 때나 귀여운 협박이지, 헤어지고 나면 정작 누구보다 내가 찌질해져서는 매일 밤 땅바닥을 박박 긁는다. 어떤 이별은 공교롭게도 헤어지자마자 월간지 마감일이 들이 닥쳐서, 쾅 닫고 나간 문소리의 진동이 채 가시기도 전에 슬픔을 글로 꾹꾹 눌러썼다. 잡지 발간까지 그래도 일주일하고도 반 정도 남았으니까 눈물이 마르기도 전에 이별로 기삿거리 뽕 뽑는 사람처럼 그에게 보이진 않겠지 위안 삼으며.

이별을 겪으면 나는 몸과 맘이 자꾸 뒤틀린다. 안 좋은 성격이 더 선명해지고 지레짐작, 울화분출, 자기비하, 기면과 불면 등이 수시로 찾아든다. 잘 지내다가도 갑자기 빼액 화가 나고, 침대에 누우면 매초마다 몸을 뒤척이느라 잠옷마저 속박처럼 답답하게 느껴진다.

그래도 요즘 아이폰엔 사진 속 인물의 얼굴을 인식해 분류해주는 기능이 있어서 그와 찍은 사진은 터치 몇 번으로 간편하게 다 지울 수 있었다. 이 사진 저 사진, 시간과 공간을 쉼 없이 건너가며 마음을 너덜너덜 상처내지 않아도 모든 추억이 한 방에 싹 사라지는 현대식 마법.

그런데 이 환상적인 기능도 그 사람의 뒷모습까지 지워주진 못했다. 하필 내가 또 가스레인지 앞에서 요리하는 그의 뒷모습을 시리즈로 찍어놓는 미련한 짓을 꾸준하게 했을 줄이야.

요리학교를 다니다 만난 사이라서 데이트의 9할이 '같이 요리해 먹기'였다. 우리 집 냉장고에는 샬롯부터 광어 필레까지 온갖 식재료가 늘 그득했고, 부엌이 좁은 탓에 보조 식탁까지 펼쳐놓고 매일 밤 한바탕 난리를 쳤다. 냉장고에 있는 식재료만으로 각자 한 그릇씩 근사한 걸 만들어보자 하고선, 두 시간 내도록 맥주병을 손에서 놓지 않은 채 죽이건 밥이건 지지고 볶았다.

밤 12시에 누가 계란볶음밥을 더 잘 만드나 대결을 펼치기 시작하면, 고봉밥 두 그릇을 다 먹어 치우는 건 일도 아니다. 이틀을 투자해 동파육도 만들었다. 단돈 5만 원이면 각종 횟감이 1시간 만에 집으로 배달되는데도 굳이 수산 시장까지 가서 생선을 사오고, 비늘을 벗기고, 그걸 또 포를 뜨고, 서더리를 모아 매운탕을 만들고…. 그렇게 해먹는 일이야말로 둘이서 즐기는 최대치의 엔터테인먼트였다.

집에서 야키토리를 만들어보겠다고 베란다 전체에 A4 이면지를 넓게 깔고, 부탄가스 2통을 써가며 오후 내도록 석쇠에 꼬치를 올린 날도 있다. SSG마켓에서 20만 원어치 고급 식재료를 사서 핀셋으로 파인다이닝 흉내를 내본 날도 많다.

식사 후엔 꼭 디저트 먹는 습관이 있는 남자라서, 서울 시내 각종 아이스크림 맛집의 테이크아웃 박스들이 냉동실을 그득 채웠다. 이걸 그냥 먹지 않았다. 반죽을 치대고 슈를 직접 구워 그 안에 아이스크림을 채워 먹어야 직성이 풀렸다. 어느 날, 스티브 잡스 자서전만큼 두꺼운 티본 스테이크를 구해온 그가 가정용 가스레인지에서 굽겠다 선언했을 땐, 그 당당함이 참을 수 없이 무모하고 멋있어서 기꺼이 온 힘을 다해 집 안을 환기시켜줬다.

그가 불 앞에서 뭔가를 만들고 있을 때 나는 그의 뒷모습을 한 장씩 몰래 찍었다. 여름이건 겨울이건 늘 입는 그 낙낙한

반팔 티셔츠 뒤태를 감탄하며, 웍을 잡은 팔뚝에 내적으로 환호하며.

그 흐뭇한 사진을 나는 SNS에 팔랑 올리지도 않았다. 괜한 설레발에 이 행복이 깨질까 봐, 차곡차곡 사진을 모으기만 했다.

후드 필터가 다 타서 없어질 만큼 플람베(알코올을 부어 순간적으로 음식에 불붙이는 것)도 자주 했는데, 그 불꽃이 피어오르는 찰나의 사진도 여지없이 남아 있었다. 술에 취해 귓불이 빨개진 뒷모습도, 춤을 추는 뒷모습의 사진도 있었다. 2년치를 모았으니 티 나게 쌓여버린 옆구리살만큼이나 사진도 꽤 많이 모였다.

헤어질 때 따져보니 나는 정확히 8킬로그램이 쪘다. 먹어서 행복했으니 누굴 탓할 마음은 없다. 요리하는 그의 뒷모습 사진도 하루 날 잡아 하나씩 다 지웠다. 이럴 줄 알았으면 SNS에 올려 자랑이나 하고 '좋아요'나 실컷 받을걸, 은근슬

쩍 밀려오는 값어치 없는 후회를 산산조각내면서….

몇 해 전 18년간 키우던 강아지가 노환으로 죽었을 때 나는 별로 울지 않았다. 더 사랑할 수 없다 싶을 만큼 사랑해서 오히려 개운했다. 세탁기를 돌리다가 라글란 티셔츠 모양의 손바닥 반만 한 강아지 옷이 발견되었을 때도 코만 한번 박아봤을 뿐 울지 않았다.

그와 헤어질 때도 나는 울다 말았다. 얼굴을 구겨가며 울면서도 뇌 한쪽 구석으로는 '어라, 이게 눈물이, 예전만큼 안 나네?' 하는 생각이 들었다. 이렇게까지 잘 놀았으니, 격정적으로 재밌었으니, 이렇게나 많이 처먹었으니, 정말 많이 참고 많이 사랑했으니 됐다 싶었다. 산뜻하게 헤어지는 것이야말로 30대 중반의 특권이라고 되뇌면서.

그는 뒤도 한번 안 보고 돌아섰다. 그런데 쿨했던 그 뒷모습과 달리, 너무나도 진득한 흔적을 남겨 놓았다는 것이 문제였다.

텅 빈 부엌에서 홀로 계란프라이라도 하나 부치려고 하면, 팬이건 뒤집개건 손에 닿는 물건마다 기름기가 치덕치덕이었다. 작은 아파트에 창문 하나 없는 부엌에서 그렇게나 요리를 해댔으니 엄청난 유증기가 켜켜이 들러붙어 있었던 것이다. 썩 부지런한 편은 아니었지만 그래도 치우고는 산다고 생각했는데, 유증기가 나보다 훨씬 더 꾸준하고 치밀했다.

부엌 한 켠에 세워두었던 스무디 쉐이커는 이음새가 아예 들러붙어 뚜껑이 잘 열리지 않았다. 선반에 쌓아놓기만 하고 아껴뒀던 접시는 꺼낼 때마다 새로 세척해야 했다. 식탁 위 조명 갓은 버려야 할 지경이었고, 부엌 벽과 맞닿은 식탁 표면은 스티커를 붙였다 뗀 것처럼 찐득거려 행주가 한 번에 훔쳐지지 않았다. 부엌 앞 작은 방에 있던 거울은 아무리 닦아도 먼지가 떨어지지 않았다.

하루는 아예 마음을 먹고, 비누거품 잔뜩 낸 물바가지와 수세미를 허리춤에 끼고 하루 종일 여기저기를 박박 문질렀다. "아오 시발" 소리가 관절을 움직일 때마다 삐걱거리며 터져나왔다.

아이폰 기능으로 한 번에 추억을 날려보내려던 내가 어리석었다. 약아빠진 현대인이었다. 멍청한 기회주의자였다. 요령 피우는 곰이었다. 한 사람과의 추억을 정리하는 게 이렇게 고단하다는 걸 왜 잊고 있었을까.

오랜만에 꺼내드는 주방집기에서 진득한 유증기를 가끔 마주한다. 부디 그의 다음 연애에는 창문이 크게 난 부엌이 함께하기를. 이별 후 겨우 2킬로 감량에만 성공한 나의 의지로 기도할게.

새로운 음식마다 새로운 세계가 있다

세상에 음식은 많고 스무 살의 내 경험은 턱없이 짧았다. 아직 못 먹어본 음식이 너무 많은데, 하루 세 끼밖에 못 먹으니 마음이 다급했던 시절이었다. 아 물론 지금도.

¶

열아홉 살 때까지 내 삶은 반경 3킬로미터에서 거의 다 해결됐다. 학교, 집, 시내 상가. 남들 다 가는 학원도 몇 달 다니다 말다 했으니 이 세 꼭짓점을 부지런히 오간 것 외에는 별 다른 세상 구경이 없었다.

밤이면 방 안에 틀어박혀 PC통신을 했고, 나는 서울 곳곳에 사는 또래 아이들과 천리안으로 수다를 떨었다. 이대 앞 어느 구두 가게에서 뭘 샀는지, 방송국에 놀러 갔다가 어느 연예인을 우연찮게 마주쳤는지, 모니터 위로 쏟아지는 서울 아이들의 이야기는 마치 딴 세상 같았다.

낮에는 학교에서 시키는 공부만 열심히 했다. 하굣길에는 시내에 있는 큰 상가 지하에서 쌈장에 순대를 찍어 먹었고, 용돈에 여유가 좀 있을 때는 비싼 일제 5색 볼펜을 사거나 캐릭터가 그려진 샤프펜슬을 샀다.

가정주부였던 엄마는 그때가 아마 지금의 나보다 고작 서너 살 많았을 땐데, 뭘 하며 하루를 즐겼는지 모르겠다. 고등학생이었던 내가 본 엄마는 늘상 집에서 요리를 했다.

집집마다 달랐겠지만 우리 집은 외식을 한 달에 한두 번 할까말까였다. 가뜩이나 생활반경도 좁은 나는 거의 모든 끼니를 집밥으로 해결하는 삶을 살았다. 배달 주문을 넣는 것도 역시 한두 달에 한 번 정도. 그마저도 아파트 상가마다 하나씩 있던 아구찜 배달이 가장 많았다.

외식 메뉴는 '엄마가 집에서 절대 할 수 없는 음식'으로 한정됐다. 가장 많이 사 먹었던 건 냉면. 밀면도 종종 끼었다. 중국집에서 짜장면을 사먹는 횟수도 거의 없었다. 어쩌다 외식을 나가더라도 외식비에 돈을 아끼던 엄마 때문에 겪은, 웃음기 하나 없이 눈물만 도는 에피소드가 너무나 많다.

하루는 동네에서 유명하다는 중식당에 갔다. 종업원이 주문을 받으러 오자 초등학교 3학년 정도였던 내가 단호하게 말했다.

"메뉴판 안 주셔도 돼요. 저희 어차피 짜장면이랑 탕수육 소자 시킬 거라서."

들불처럼 달아오른 엄마의 얼굴이 아직도 선명하다. 뭐, 엄마도 종종 내 얼굴을 전기스토브처럼 순식간에 달아오르게 했으니 피차일반이다.

백화점 식당가 냉면집에서 엄마는 냉면도 안 시키고 냉면 사리만 주문한 적도 있다. 카운터 직원이 "사리만 주문하시는 건 안 돼요" 하고 너무 크게 외치는 바람에, 엄마와 나는 태풍에 떠밀린 고양이들처럼 가게를 황급히 빠져나왔다. 20년이 흐르고서야 웃으며 면박 줄 수 있는 사건이다.

외식 경험이 적다 보니 서울에서 대학 생활을 시작했을 때 처음 먹어보는 신기한 음식이 너무 많았다. 간장에 절인 찜 닭이 있다고? 깨를 직접 갈아서 소스에 넣어 먹는 돈까스가 있다고? 생선회와 연어알, 날치알이 들어가는 김밥 같은 게 있다고? 타코야키라는 게 있다고?

하루 세끼밖에 먹을 수 없어 속상했던, 새로 맛보는 요리에 대한 궁금증이 폭발했던 그 시기의 나는 다른 친구들과 비교해서도 생전 처음 먹어보는 메뉴가 많았다.

그중 하나가 감자탕이다. 생전 먹어본 적도 없고, 이름과 주재료가 매치되지도 않아 나에겐 그저 남아프리카 음식처럼 생소했다. 아직도 가게 인테리어와 분위기가 기억나는 홍대 앞 24시간 감자탕집에서 난생처음 감자탕을 맛봤다. 뭔가 추어탕처럼 생겼는데 그보단 싱겁기도 하고, 감잣국 맛도 안 나는데 큼직한 감자는 많이 들었고…. 젓가락으로 힘겹게 발라 먹어야 하는 고기 때문에 취했던 술도 다 깰 것 같은 초면의 감자탕. 물론 지금은 내 영혼의 야식으로 굳건히 자리 잡았다.

스무 살이 넘어서야 처음 맛본 음식 중에 곱창구이도 있다.

곱창 자체를 먹어본 적 없는 터라, 기름지기만 한 이 고기가 왜 쇠고기만큼 비싼지 알 수가 없었다. 지금은 누가 맛있는 걸 사준다고 하면 1순위 메뉴로 떠올리지만.

양꼬치구이도 20대 중반이 훌쩍 넘어서야 처음 먹어봤다. 양고기에 대한 막연한 거부감 때문에 시도해볼 생각도 하지 못했는데, 썸 타던 남자와 우연찮게 양꼬치집에 가게 돼 두 눈 질끈 감고 먹어봤다. 그러곤… 아니 이게, 어쩜 이래, 같은 말만 반복하며 칭따오 맥주에 양꼬치 수십 개를 해치웠다. 양꼬치와 맥주에 제대로 취해서 그 이후 일어난 질척한 사건들은 글자로도 소환하지 않는 게 좋겠다.

뒤늦게 처음 맛본 음식은 그밖에도 많다. 팥칼국수, 콩국수 역시 그랬다. 나는 면 요리를 엄청 좋아하지만, 팥칼국수와 콩국수를 선호하지 않던 엄마의 입맛이 내 음식 경험에도 크게 영향을 미쳤다. 심지어 팥칼국수는 잡지사에 입사한 뒤 국수 기행 기사를 쓰기 위해 전국 팔도를 돌면서 처음 먹어봤다. 충정로에 오래 살았으면서도 그 동네를 지켜온 콩국수 맛집 '진주회관'도 2년 전에 처음 가봤다.

평양냉면은 대학교 4학년 때 처음 먹어봤다. 광화문에 아르바이트를 하러 다닐 때, 직속 선배가 택시까지 타고 나를 데려간 곳이 '을지면옥'이다. "오늘은 맛없어. 내일부터 생각나"라는 평양냉면파의 고정 멘트를 어김없이 들었고, 실제로 다음 날부터 슬금슬금 평양냉면앓이가 시작됐다.

근사한 레스토랑에서 맛보는 서양식 코스 요리 역시 스무 살 중반이 되어서야 처음 맛봤다. 물론 지금까지도 셰프가 온 힘을 다해 만드는 정찬은 늘 "생전 첨 먹어보는 맛이야!"라는 즐거운 충격을 안겨준다. 이게 도대체 무슨 맛일까, 어떤 식재료를 어떻게 섞으면 이런 맛이 나는 걸까, 입에 넣을 때마다 뭉텅이로 샘솟는 궁금증이 르 꼬르동 블루 숙명 아카데미 등록이라는 결단을 내리게 한 가장 큰 요인이다. 늘 잘 먹고 다닌다고 자부하는 지금도 그런 순간이 탄산처럼 여기저기서 터진다.

최근에는 새조개를 맛보고 혀가 깜짝 놀라 춤을 췄다. 서산에 내려갔다가 우연히 새조개 샤브샤브를 먹었는데, 왜 이제껏 철마다 챙겨 먹지 않았는지 지나간 시간을 원망할 정도였다. 끓은 육수에 살짝 데친 새조개는 마리네이드한 것도 아닌데 감칠맛이 폭발했고 어느 순간엔 훈제 닭고기 맛도 났다. 찰지게 씹히면서 부드럽기까지 했다. 다른 조개를 윽박지르는 듯한 진한 맛 때문에 한동안 새조개 말고 다른 조개를 먹지 못했다.

이렇게나 부지런히 먹으며 살아왔는데 아직도 못 먹어본 음식이 지천에 널렸다고 생각하니, 어쩐지 행복하면서도 한쪽에선 다급한 욕망이 펄펄 끓어오른다.

택배로 오는 엄마의 손맛

자취를 시작한 대학 시절부터 늘 당일 택배로 엄마의 시그니처 요리가 배달되어왔다. 시대마다 메뉴가 달라지는데, 최근엔 감자탕이 도착했다.

¶

대학 기숙사 입주 추첨에서 떨어졌다는 연락을 받았을 때, 나는 속으로 슬며시 미소를 띠었다. 드디어 내 집이 생기다니! 드디어 내 마음대로 혼자 산다니!

스물 살의 나는 그 작은 자취방의 월세가 얼마인지, 혼자 사는 서울이 얼마나 무서운지, 혼자 살면 얼마나 귀찮은 일이 많은지, 그리고 무엇보다 큰 딸내미를 혼자 서울에 두고 다시 부산으로 혼자 내려가야 하는 엄마의 마음이 어떠한지 알 턱이 없었다.

세면대 없는 화장실 하나, 두 팔을 벌리면 끝과 끝이 닿는 작은 부엌, 침대 하나가 딱 들어가는 크기의 방. 방범 창살 때문에 낮에도 어둑한 기운이 도는, 작은 창문 하나뿐인 원룸인데도 나는 운동장을 얻은 것처럼 마음이 마구 날뛰었다.

그 후로 구호물자 오듯 엄마의 택배가 왔다. 지방 출신 친구들은 모두 겪는 일이었다. 친구 어머니는 온갖 반찬뿐만 아니라 라면과 생리대까지 일일이 사서 택배로 부쳤다. "엄마, 서울에도 생리대 있어"라고 말해봤자 엄마들의 뜨거운 노파심을 잠재울 순 없었다.

1년쯤 지나면서 엄마들의 택배는 차츰 줄었지만, 스티로폼 박스를 가득 채운 밑반찬 구호물자는 철마다 잊지도 않고 도착했다.

"엄마가 이번에 엄청 맛있게 김을 구웠거든. 먹기 좋게 잘라서 보낸다. 반찬 없을 때 무그라."

"기은아, 이번에는 달래무침이랑 이것저것 보낸다. 저녁에만 무그라, 아침에 무그면 입에서 파 냄새 엄청 난데이. 학교 친구들이 식겁할라."

엄마의 반찬이 오는 날엔, 언덕 아래 5분 거리의 친구 자취방으로 냉큼 달려가 갖가지 구호물자를 나눴다. 엄마 마음을 속속들이 헤아리지 못하는 철없는 딸이었지만, 이 귀한 반찬만큼은 정말 좋은 친구와 나눠먹어야겠다는 생각 정도는 다행히 했던 것 같다.

대학 생활 내내 많은 친구들이 내 영역으로 들어왔다 나가고 연락이 끊기고 멀어지는 와중에도, 18년이 지난 지금까지 그 언덕 아래 살던 친구와는 연락하며 지낸다. 그 친구는 아직도 우리 엄마의 달래무침 맛을 아삭하게 기억하고 있다.

"친구야, 엄마가 택배 보낸 거 왔어. 우리 집에 올래?"

부추를 매생이마냥 잔뜩 집어넣고 집된장을 푼 꽃게탕은 내가 제일 좋아하는 한식이고, 엄마 택배의 단골 메뉴이기도 하다. 친구를 급하게 호출한다는 건 엄마의 시그니처 특식 메뉴, 즉 꽃게탕이 왔다는 뜻이다. 흰쌀밥에 이걸 한 숟가락씩 부어서 비벼 먹으면 그 어떤 외식도 부럽지 않았다. 그 시절 학교 앞 핫했던 안동찜닭도, 캘리포니아 롤이나 베니건스도 엄마의 꽃게탕에 비할 수는 없었다.

꽃게살이 포동포동하게 오르면 엄마는 1인분씩 따로 포장해 꽝꽝 얼려서 보냈다. 그걸 냉동실에 가득 쟁여두고 꺼내

먹었는데, 지금 생각해보면 그거야말로 호사스러운 밀키트였다. 정신없이 바쁜 등교 직전 후다닥 먹기에 그보다 더 좋은 음식은 없었다.

단단히 얼어 있어 몰랐는데, 냄비에 녹이고 보니 엄마가 게살을 일일이 다 발라서 보냈다는 걸 알고 괜히 궁시렁거리는 날도 있었다.

"뭘 이걸 다 발라서 보냈노, 못산다."

그땐 울지 않았지만, 이걸 쓰는 지금의 나는 자꾸 미어져나오는 눈물을 막느라 힘이 드는 나이가 됐다.

우리 네 식구가 모두 모여 살던 그때, 말티즈 한 마리를 키웠었다. 태어나자마자 우리 집으로 와서 18년을 살던 뭉치는 몇 해 전 노환으로 죽었다.

뭉치의 숨이 넘어가려는 마지막 순간에 엄마가 한 일은 갈치 한 토막을 굽는 거였다. 온갖 병치레를 달고 살던 말년의 뭉치에게 맛있는 음식을 마음껏 먹이지 못해 마음 아팠다며, 갑자기 생 갈치 한 토막이라도 먹여 보내고 싶었단다. 그 다급한 순간에 프라이팬을 꺼내 불을 붙이고 갈치를 뒤집어가며 굽던 엄마의 마음을 나는 너무 잘 안다.

시장에 방아잎이 나오면 제일 좋은 쇠고기 국거리와 함께 끓여 된장찌개를 만들어 보내는 엄마의 마음을, 외할머니에게 일부러 부탁해 시골 시장에만 잠깐 나오는 가죽나물을 구해와 집된장에 무쳐 보내는 엄마의 마음을, 국물용 멸치의 똥을 일일이 따서 팩에 넣어 보내는 엄마의 마음을, 모짜렐라 치즈를 잔뜩 넣고 직접 돈까스를 만들어 보내는 엄마의 마음을 나는 너무너무 잘 안다.

엄마와 아빠가 들려주는 '그때 그 시절 고생한 이야기'는 늘 전래동화처럼 아득하게 느껴지지만, 딱 하나 아직도 잘 잊히지 않는 이야기가 있다. 어린 시절 엄마가 할머니에게 생일선물로 받은 귤 한 알 이야기다.

그때 받은 귤이 어찌나 귀하고 맛있는지, 껍질을 모두 깐 뒤 귤 한 점을 떼어먹고 다시 동그랗게 붙여 빈 자리를 메운 뒤 새것처럼 머리맡에 뒀단다. 그러다 생각나면 또 한 점 떼어먹고 다시 동그랗게 만들어두고….

요즘도 귤을 먹을 때마다 그 이야기가 문득 떠오른다. 어떤 날은 그 어린 마음이 귀여워서 웃고 어떤 날은 그 궁상이 짜증나서 웃는다. 이러나저러나 요즘 시대 화법으로 말하자면 어린 시절의 엄마는 '맛있는 것에 꽤 진심인' 사람이 아니었을까? 맛있는 걸 먹고 먹이는 일에서 큰 행복을 느끼는 사람이 아닐까?

아직도 엄마는 '아빠랑 빅맥세트 사 먹는 날'을 한 달에 한 번 정해두었다. 패스트푸드는 콜레스테롤에 좋지 않으니까 시내 맥도날드까지 왕복 2시간 정도 걷는다는 기준을 세워두고서.

서른 중반을 훌쩍 넘긴 나이에도 나는 가끔 엄마의 택배를 받는다. 물론 1년에 한 번 정도로 횟수가 확 줄어들었지만, 이것저것 1인분씩 포장해서 당일 택배로 보내주는 건 똑같다.

최근에는 놀랍게도 감자탕이 도착했다. 마음에 드는 동네 정육점이 생겼는데 질 좋은 등뼈 돼지고기를 구할 수 있게 돼 시도해봤다며. 여러 차례 레시피를 바꿔가며 다듬은 최종 버전이라는 설명도 덧붙였다.

술안주는 물론 밥반찬으로 먹기에도 많이 싱거웠고 들깨가루도 들어 있지 않아 어쩐지 좀 밋밋했지만, 나는 1인분짜리를 절반씩 나눠 아껴가며 먹었다.

그날 엄마와 통화를 하면서, 부러 먹고 싶을 메뉴를 슬쩍 흘렸다. 엄마의 엉덩이가 들썩이는 게 350킬로미터 떨어진 이곳까지 전해졌다.

푸드 에디터의 편식와 편애

푸드 에디터지만 사실 못 먹는 음식이 꽤 많다. 언제든 맛있는 것 앞에서는 질주를 각오하고 뛰어들지만, 시큰둥한 표정으로 맞이하게 되는 식재료들이 여전히 좀 있다.

¶

푸드 에디터로 일하며 끝내 고치지 못한 습관 몇 가지가 있다. 일단 젓가락질을 제대로 못하는 것. 어느 할머니가 운영하는 작은 가게에 취재하러 갔다가 젓가락질 때문에 된통 혼난 적도 있고, 음식 전문가와 식사할 때나 어르신들 취재하러 갈 때 젓가락질 걱정에 진땀부터 난 적도 많다. 고쳐보려고 몇 번이나 노력했지만 '신생아 손'이라 불릴 정도로 손가락이 짧아서 그런지, 의지가 약해선지 늘 실패로 돌아갔다.

게다가 의외로 가리는 음식이 많다. 알러지가 있다거나 입에도 못 댈 정도로 절대 먹지 못하는 건 아니다. 다만 괜히 싫은, 어쩐지 즐겁지가 않은 식재료가 몇 가지 있다.

편식에 대해 고백하기 전에 편애하는 음식에 대해 이야기하는 걸로, 보이지 않는 비난을 흡수해보기로 한다. 이상하게 싫은 음식이 있는 만큼 이상하게 좋은 음식이 있다.

대표적으로 관자구이. 특히 겉을 노릇노릇하게 익힌 촉촉한 관자구이를 미친 듯이 좋아한다. 지난 2017년, 오로지 먹기 위해 돈을 모아 파리로 2주간의 미식 여행을 떠났을 때 '1일 1관자요리'를 주문하곤 했다. 보통, 식사마다 코스에 맞게 두세 번의 메뉴 선택을 하는데 그중 한 번은 꼭 관자로 만든 요리를 무의식적으로 시켰다. 파리에서 마지막 만찬이 되어서야 이걸 깨닫고 '아, 관자를 좀 많이 먹었나? 살짝 물린다'는 느낌을 받았다.

관자와 함께 정신 못 차리는 건 비스크 소스. 갑각류를 껍질째 으깨고 육수를 뽑아내서 장시간 졸인 이 소스는 내가 좋아하는 맛과 정확하게 일치한다. 여행 중에 비스크 소스로 만든 파스타가 있는 곳이면 무조건 주문했고, 더 진하게 농축한 비스크 소스를 만나면 셰프에게 어떻게든 감사를 표했다. 관자와 비스크 소스가 함께 나오는 요리를 만나면 이

상형을 만난 것처럼 얼굴과 귀가 달아올랐다.

내가 편애하는 또 다른 음식은 후랑크 소시지다. 자취 시절, 계란과 함께 늘 냉장고를 차지하던 나의 든든한 식재료. 더 질 좋고 신선한 재료들을 클릭 한 번으로 쉽게 공수할 수 있는 요즘에도 왜 자꾸만 후랑크 소시지가 당기는 걸까.

김치볶음이나 파스타를 만들 때 후랑크 소시지는 맛의 빈 곳을 채워주는 훌륭한 구원군이다. 후랑크 소시지를 기름에 충분히 볶은 뒤, 그 기름에 채소를 잔뜩 넣고 볶으면 어떤 술과도 잘 어우러지는 마법의 술안주가 된다.

샬롯도 같은 이유로 좋아한다. 양식 요리를 할 때 일단 잘게 다진 샬롯을 볶으면 무조건 맛의 바닥이 든든하게 깔린다.

그리고, 내가 왜 집착하는지 알 수 없지만 오랜 기간 탐해온 음식 중에 탕수육과 잡채도 있다. 이 둘은 갑자기 떠오르면 당장 먹지 않고 못 배긴다는 공통점이 있다. 잡채가 떠오른 어느 날, 아파트 상가의 반찬 가게를 죄다 돌며 찾아다닌 기억이 난다. 잡채는 배달 메뉴에도 잘 없어서 갑자기 생각날 경우 해결할 방도가 없다. 탕수육도 불현듯 떠오르면 그 욕망을 쉽게 억누를 수가 없다. 기어이 중국집에 전화를 걸게 만드는 강력한 유인력을 가진 음식이다.

반면 이상하게 싫은 음식 리스트는 조금 더 길다. 먼저 기본적으로 당근과 오이. 김밥을 먹을 때 당근, 오이를 둘 다 빼는 편이다 보니 가끔은 김밥 속이 허물어져 입안에 넣기도 전에 해체된다.

근데 또 이상하게도, 찌거나 오븐에 구운 당근은 즐겁게 먹는다. 버터와 향신료를 흩뿌려 촉촉하게 뭉글어지는 달콤한 당근을 만나면 입과 마음이 활짝 열린다. 대부분의 오이 요리는 학을 떼고 싫어하지만, 동대문에 있는 중국 식당 '동북화과왕'의 오이양장피무침을 보면 동공을 마구 열고 달려든다. 싫어하는 데 이유가 없다 보니 기준도 들쑥날쑥이다.

네모난 체다 슬라이스 치즈도 싫다. 샌드위치에 이 치즈가 끼어 있거나 햄버거에 노란색 치즈 슬라이스가 빼꼼 보이면 무조건 빼고 먹는다. 고다, 라끌렛, 파르미지아노 레지아노, 모짜렐라, 까망베르 등 거의 모든 종류의 치즈를 먹지만 이상하게 네모나고 납작한 이 체다 슬라이스 치즈에는 마음이 열리지 않는다.

크림 치즈류도 좋아하지 않아서 치즈 케이크는 늘 디저트 선택지에서 제외된다. 기본적으로 치즈를 크게 즐기지 않은 탓에 11년간 잡지사에서 일하면서 치즈를 주제로 기사를 만들었던 적이 한 번도 없다. 에디터의 업무란 어쩔 수 없는 취향의 영역이니까.

계란 노른자, 셀러리, 선지, 피순대도 잘 못 먹는다. 술 좋아하는 이들이 선짓국으로 해장하는 경우를 숱하게 봤고 나도 따라서 선지 해장국집에 자주 갔지만, 그럴 때마다 늘 숟가락으로 맑은 국물만 짜내듯이 떠먹었다. 고등학교 시절,

엄마 아빠 따라 아파트 단지 앞 포장마차에서 선짓국을 먹은 적이 있는데, 그때 맛본 역한 향이 수십 년째 머릿속을 지배하고 있다.

신선한 계란에서 발라낸 계란 노른자는 최근에 짜파게티에 비벼 먹으며 마음을 좀 열었지만 여전히 익힌 노른자는 의식적으로 멀리한다. 어린 시절 시작된 편식이, 그때보다 여섯 배나 나이를 먹고서도 고쳐지지 않는다.

어릴 때부터 정서적으로 싫어하는 음식도 하나 있다. 김칫국에 콩나물과 밥을 넣고 끓인 갱시기국이다. 엄마가 마땅히 차릴 요리가 없을 때 인스턴트처럼 뚝딱 해줬던 음식인데, 멸치가 통으로 크게 들어간 그 거끌거끌한 맛이 싫었다. 대책 없이 새콤한 맛이 강하게 나는 것도 마음에 들지 않았다. 내가 손을 잘 대지 않으니 마지못해 엄마가 라면 사리를 넣어서 같이 끓여줬는데 그러면 라면만 쏙 빼먹었다. 지금은 갱시기국 먹을 일이 전혀 없지만, 어린 시절 추억을 떠올리며 괜히 먹고 싶어지는 일은 없을 것 같다.

어떤 알러지가 있거나 확고한 철학이 있어 음식을 가려 먹
는 건 아니다. 한번 싫어지면, 한번 멀리하게 되면, 영원히
그런 채로 굳어버리는 성격 때문이 아닐까 추측해본다.

누군가에게 한번 실망하게 되면 그게 영원히 회복되지 않
는 일이 종종 있다. 하기 싫은 일은 어떻게든 하지 않는 쪽
을 택하는 경우도 꽤 많다. 자동차에 하이패스를 설치하는
일, 고지서의 자동이체 계좌를 등록하는 일, 아이폰의 동기
화 프로세스를 이해하는 일처럼 명확한 이유는 없지만 어
쩐지 꼭꼭 씹어 먹기 싫은, 굳이 그 허들을 뛰어넘고 싶지
않은 것들이 있다.

먹는 일이야말로 가장 투명한 유희이니, 개인의 성격이 덕
지덕지 묻어날 수밖에. 앞으로 내 편식이 고쳐질 확률은 더
욱 더 낮아질 듯하다.

홈파티는 손바에서

하나둘씩 가져다 둔 술병이 어느새 방 하나를 가득 채웠다. 언제부턴가 '손바bar'라고 이름 붙인 이곳에는 없는 술이 없다. 친구들을 불러들여 홈파티를 열기 시작한 것도 이때부터다.

¶

음식과 술을 다루는 일을 하다 보니 집에 가져다놓고 시음하는 술이 꽤 많다. 마개를 막아 서늘한 곳에 잘 보관해두기만 하면, 잊은 듯 두어도 맛이 크게 변하지 않는 증류주가 하나둘 집 안에 쌓이기 시작했다. 좋아하는 위스키는 물론이고 해외 출장을 다녀오면서 사온, 라벨 예쁜 술까지 모조리 모아뒀다.

그렇게 모은 술을 나무로 만든 유리 그릇장 위에 올려두기 시작했는데, 같은 그릇장을 하나 더 사서 올리고도 자리가 모자라 아예 그릇을 다 빼버리고 술로 채웠다. 위아래로 그득하게 찬 선반장을 보다가 아예 종류별로 정리하자 싶어 주말 이틀을 할애해 아예 바처럼 술을 정렬했다.

가장 왼쪽은 싱글 몰트위스키, 그리고 블렌디드 위스키와 블렌디드 몰트위스키를 순서대로 놓았다. 버번위스키도 종류가 꽤 많아서 그 옆으로 차례차례 붙였다. 다음은 아버지

술장에서 훔쳐온 꼬냑 두 병과 브랜드, 칼바도스. 그다음으로론 워낙 좋아해서 해외 출장 때마다 제일 특이한 브랜드만 쏙쏙 골라 사오는 진 섹션이 이어졌고, 그 옆엔 데킬라와 보드카 순으로 정렬했다. 이것만으로도 선반장의 80퍼센트가 가득 찼다.

나머지 20퍼센트는 전통주. 다른 증류주에 비해 유통기한이 짧아 애석하지만 워낙 좋아해서 꼭 챙겨두는 한산소곡주, 반주로 걸치기 좋은 문배술, 선물 받은 진도홍주, 위스키처럼 홀짝이기 좋은 감홍로 등이 자리를 차지했다.

사이사이 남는 공간에는 각종 리큐르 샘플들, 위스키 미니어처를 놓았다. 아래 유리 선반에는 소장 가치가 있어 쟁여두는 위스키와 급할 때 선물용으로 쓸 수 있는 케이스가 포함된 위스키 등을 챙겼다. 소장하고 있던 술잔들도 같은 방으로 모으고, 작은 스탠드를 올린 책상과 술 관련 책들까지 모아 아예 서재를 겸한 술방으로 꾸몄다.

나의 술방은 언제부터인가 '손바bar'로 불리게 됐다. "바를 차려라 차라리, 바를!"이라는 지인들의 말에서 시작된 애칭이다. 친한 친구들은 우리 집에 놀러오면 자연스럽게 손바에서 술부터 꺼낸다. 유리장에 있는 온갖 크기와 모양의 술잔 중에서 마음에 드는 걸 하나 꺼내고, 원하는 술을 직접 따라 마신다.

간혹 눈썰미 좋은 친구는 비싸고 귀한 술을 단박에 꺼내들기도 한다. 아깝지만 오케이다. 손바에 그득하게 쌓인 술은 혼자서는 절대 다 비울 수 없으니까.

홈파티가 잦아진 이유도 손바에 활기가 돌았으면 해서다. 서너 명 정도를 초대하고 내가 먹고 싶은 메뉴들을 준비한다. 참치 타다끼, 가지 라자냐, 간장 파스타, 새우 옥수수 버터구이, 오일 포치드 토마토 등이 자주 나오고, 술은 화이트 와인으로 시작해 각자 원하는 주종으로 간다. 모두들 배가 찢어지게 먹고도 바닐라 아이스크림에 발베니 위스키 한

잔 부어 위스키 아포카토를 만들어주면 공복인 것처럼 박수를 친다.

처음엔 음식부터 술까지 모두 내 돈으로 파티를 꾸렸는데 생활비 통장에 금세 대포알만 한 구멍이 났다. 이후부턴 부득이하게 '손바 발전기금 모금함'을 만들어 1,000원부터 20,000원까지 모금함에 자율적으로 돈을 넣도록 했다. 다행히 그걸로 구멍 난 생활비를 이리저리 메울 수 있었다.

손바는 연애 생활에도 큰 도움이 된다. 특히 술 좋아하는 애인을 맨 처음 집에 초대해 손바를 보여줄 때의 쾌감이 있다. 발을 동동 구르거나 낮게 감탄사를 내뱉거나 대여섯 가지의 뜻이 담긴 표정으로 나를 그윽하게 쳐다보니까.

손바는 한 번의 이사를 겪었다. 당시 이삿짐센터 직원들은 술방을 보고 너무 놀랐는지 이것저것 묻고, 또 사이사이 유리병 운반이 얼마나 어려운지 고충을 토로했다. 술 한 병을 선물해드리는 것으로 모두가 행복한 이사를 마칠 수 있었다.

고도주(도수 높은 술) 위주로 꾸며진 공간이다 보니 빈 병을 치우는 속도보다 새 병을 채우는 속도가 더 빠르다. 그렇게 병들이 빠르게 쌓이다 보니 며칠만 관리를 소홀히 해도 먼지가 쌓인다.

하루는 집에 온 엄마가 먼지떨이로 병을 터는 나를 보더니 혀를 끌끌 찼다. 알아듣지 못한 둔탁한 파열음 뒤로는 "뭐가 되려고…"라는 말을 숨겨둔 것 같았다. 그런 엄마의 반응을 여러 번 겪어봐선지 라꾸쁘를 열었다는 말을 1년이 넘도록 하지 못했다.

게다가 오래전부터 엄마에게만큼 손바는 출입 불가의 공간이다. 여동생이 시집가던 해, 함에 넣을 술이 없다며 손바의 귀한 위스키 한 병을 '빌려'갔는데 그게 바로 맥캘란 30년이다. 언젠가 참석한 브랜드 론칭 행사에서 럭키드로 이벤트 1등에 당첨돼 받은 귀한 선물이었다. 그때도 백화점 판매가가 150만 원일 정도로 고가의 위스키였는데, 고연산(숙성 기간이 긴) 위스키가 전 세계적으로 품귀현상을 빚고 있는 지금은 동일 제품 거래가가 500만 원이 넘는다.

이 이야기를 손바 문지방을 넘을 때마다 탄식하듯 꺼낸 탓에 엄마는 손바라면 학을 뗀다. 분명 그때는 "너 시집갈 때 같은 걸로 사줄게"라고 하셨는데, 내가 아직 시집을 못 가서 그 돈을 못 돌려받았다는 사실이 살짝 분하다.

최근 손바는 약간의 리뉴얼을 거쳤다. 프리랜서 생활을 시작하면서 시음하는 술의 종류가 조금 줄어들었고, 자연스레 손바에 새로 비치되는 술의 개수도 줄었다. 적적한 프리랜서 생활에 술 마시는 시간이 늘면서 빈 병은 더 빠르게 늘었다. 그래서 술병을 한쪽으로 좀 치워두고 술잔과 화병으로 빈 공간을 꾸미기 시작했다.

특히 한 손에 쏙 들어가는 작은 술잔은 몇 해 전부터 열심히 모으고 있는 아이템이다. 포르투갈의 벼룩시장에서도, 헬싱키의 야외 마켓에서도, 일본의 빈티지 숍에서도, 맘에 든다 싶으면 일단 사 모으고 있다.

이 작은 술잔엔 포트 와인이나 위스키를 따라 마신다. 20도가 넘어가는 술이면 무엇이든 어울린다. 야식으로 보쌈을 먹던 어느 날 소주가 당겨 작은 잔에 따라 마시기도 했고, 탕수육에 연태고량주 한 잔을 곁들일 때도 우아하고 화려한 잔을 꺼내 마셨다.

구색은 좀 달라졌지만 여전히 손바에 들어서면 예쁜 물건이 가득한 디자이너 편집숍에 들어가듯 맘이 설렌다. 변한 것은 한 가지, 지난 1년 사이 손바를 찾는 사람이 확 줄었다는 것. 프리랜서로 활동하면서, 코로나19로 만나는 사람이 줄어들면서, 좁은 인간관계가 세월에 더 도드라지면서 훅 찾아온 변화다.

요즘은 어쩐지 은둔형 인간이 되어가고 있다. 하객 부르는 게 쑥스러워 결혼식은 정말 안 해야겠다는 생각을 종종하고(딱히 만나는 이도 없지만), 책을 냈다는 소식을 알릴 용기가 도저히 없어 이 책의 출간을 더 미루고 싶다는 어이없는 생각도 때때로 한다.

날이 밝으면 손바에 새로 놓을 빈티지 체어를 보러 다녀야겠다. 혼자 조용히 앉아, 왜 이렇게 작고 쭈글쭈글한 마음이 되어가고 있는지 위스키 한 잔을 마시며 숙고해봐야겠다.

위스키는 향으로 마신다

위스키는 완전히 향으로 즐기는 술이다. 혼자 사는 나에게 더없이 잘 맞는 술이기도 하다. 인생술로 등극한 위스키를 멈출 수 없는 이유 몇 가지.

¶

위스키를 처음 마셨을 때가 기억난다. 낮술부터 저녁 회식까지, 술 많이 마시기로 유명한 언론사에서 인턴 생활을 할 때였다. 노래방을 갔는데 맥주와 함께 양주가 나왔다. 그 술의 레이블이 뭐였는지는 모르겠다. 각지고 넓적한 병의 양주로만 각인됐기 때문에 더 많은 정보를 살펴볼 겨를도 없었다.

평소 소주는 웬만큼 마셔서, 술자리 마지막에 사람들을 챙겨서 택시 태워 보내는 역할은 주로 내 차지였다. 그날도 선배는 양주를 가득 따라 건네줬다. 나는 양주의 맛이나 향보다 도수가 더 신경 쓰였다.

소주가 20도 내외고 양주가 40도니까 2배 빠르게 취할 것이라는 예측에 잔뜩 겁이 났다. 무조건 정신을 차려야 한다는 생각으로, 없는 쌍꺼풀이 불쑥 생길 만큼 두 눈을 부릅떴다. 그 정신력 덕인지 그날도 마지막까지 사람들을 택시에 태워 보내는 멀쩡한 모습으로 마무리했다.

그날 이후에도 위스키가 유난히 잘 맞는다고 느꼈던 적이 몇 번 있다. 상대적으로 발효주에 약해 맥주나 와인을 마시면 쉽게 필름이 끊긴다. 반면 위스키를 마실 땐 기분이 느슨해진 상태로 유지되다가 집에 오면 취기가 올라 잠이 든다.

잡지사에 입사하고 위스키를 본격적으로 다루기 시작하면서 위스키가 더 좋아졌다. 시음을 할 때마다 행사장에 퍼지는 위스키의 그 향기가 구름처럼 포근했다. 성수동 갈비 골목을 지날 때 나는 그 냄새가 참을 수 없이 유혹적인 것처럼, 야키도리집에서 꼬치 굽는 장인으로부터 풍겨오는 그 냄새가 침샘을 폭발하게 만드는 것처럼, 명절 때 아파트 단지 안을 가득 메우는 전 부치는 냄새가 한껏 들뜨게 만드는 것처럼, 위스키 향은 늘 내 마음을 마구 헤집어놨다.

위스키 향을 표현할 때는 말린 과일 향, 계피 향, 바닐라 향,

캐러멜 향과 같은 단어를 많이 쓰는데 나는 종종 이를 합쳐 '그윽한 향'이라고 표현한다. 저 멀리서부터 그윽한 향이 스윽 밀려와 코 아래에서 가볍게 맴도는 그 기운은 그윽하다고 표현할 수밖에 없다. 그래서 위스키 향을 맡을 때면 자꾸만 눈이 스르륵 감긴다. 누가 보면 과하다고 할 수도 있지만 내 나름대로 감동을 표현하는 작은 방법이다.

위스키 관련 기사를 쓰면서 스코틀랜드도 서너 번 방문했다. 직접 가보면 이 위스키가 스코틀랜드의 공기와 얼마나 찰떡같이 어울리는지 알 수 있다. 야트막한 둔덕이 쉴 새 없이 이어진 데다 푸르른 숲보단 황량한 벌판이 더 많이 보이는 그곳에선 풍요로운 향이 너무나 절실해진다.

스코틀랜드에서 소보다 드물게 발견되는 건물은 유난히 희끗희끗한 색깔과 무뚝뚝한 모양이다. 하지만 그 안에 들어서면 순간 공기와 향기가 확 달라지면서 위스키가 잔뜩 쌓인 포근한 바들이 나타난다. 이 작은 바 안에서 향긋한 술과 함께 시간을 보내는 일이야말로 스코틀랜드 사람들에게 힐링일 수밖에 없겠다 싶었다.

글렌리벳 증류소를 방문했을 때 나도 간접적으로나마 그 기분을 느꼈다. 증류소 뒤 언덕으로 기자단을 카트에 태우고 올라갔을 때였다. 을씨년스러운 날씨와 어디서 불어오는지 종잡을 수 없는 바람에 모든 이들이 금세 피곤해졌다. 승차감마저 최악인 카트를 타고 정상에 다다랐을 때, 스위스처럼 평화로운 풍경이 펼쳐졌다면 좀 나았을까.

시골 뒷산보다 볼 것 없는 그곳에 모두가 의아한 표정을 짓고 있을 때, 증류소 직원이 위스키 한 잔을 손에 꼭 쥐어주었다. 오크통에서 그대로 뽑은 뒤 물을 섞지 않고 병입한 캐스크 스트렝스 제품 글렌리벳 나두라였다. 알코올 도수 60도에 육박하는 그 진득한 위스키를 한 잔 마시니 그제야 눈앞의 풍경과 공기가 이해되기 시작했다. 실크 로브를 입

고 포근한 킹사이즈 침대로 뛰어드는 듯한 그 위스키 맛을
나는 아직도 잊지 못한다.

위스키 향을 워낙 좋아해서 때로는 그저 향을 맡는 용도로
쓸 때가 있다. 잠들기 전 위스키 한 잔을 따라 머리맡에 놓
고 침대에서 뒹굴거리다 잠드는 것. 작은 방 안에 위스키 향
기가 금세 꽉 차는데 그게 마치 디퓨저 같다.

어느 날 위스키 론칭 행사장에 갔을 때 이 특별한 음용법을
위스키 블렌딩에 참여한 조향사에게 설명했더니 고개를 끄
덕였다. "위스키 향이 8시간 정도 지속되니까 아주 괜찮은
방법인 것 같다"면서. 그렇게 위스키 향을 맡으며 잠들고,
아침에도 엷게 흩어지는 향기를 가까스로 붙잡으며 일어난
다. 누군가는 위스키 디퓨저를 두고 알코올 중독자 같다고
했지만, 위스키 향의 매력을 아는 사람이라면 그렇게 쉽게
단정 지을 수만은 없을 거다.

향 때문에 빠져든 위스키에 더 깊이 빠져들게 된 건, 위스키가 공부하기에 아주 좋은 술이라는 점도 작용했다. 거의 모든 술의 정보를 다루는 직업의 특성상 와인, 사케, 맥주, 전통주 등을 열심히 익혀봤는데, 그중 가장 빠른 시간 안에 가장 흥미롭게 공부할 수 있었던 주종이 바로 위스키였다.

스코틀랜드 위스키로 한정했을 때, 나라 전체를 통틀어도 가동되고 있는 증류소 개수가 다 합쳐 150개가 안 된다. 수도 없이 많은 와이너리 개수에 질려 공부 의욕을 상실해 버린 와인에 비하면 "어라, 맘먹으면 다 외울 수도 있겠는데?" 싶은, 의외로 가뿐한 영역이 위스키의 세계다. 물론 '인디펜던트 바틀러'라고 불리는 독립병입자 레이블과 아이랜드, 미국, 일본 등의 위스키까지 합치면 종류는 확 늘어나겠지만 그래도 해볼 만한 숫자인 건 확실하다.

게다가 떼루아(포도 생산에 영향을 주는 토양, 기후 등의 조건)의 영향을 적게 받는다. 땅이라는 지역적 특징에 따라

달라지기보단 증류 방식과 오크통 숙성 과정에서 특유의 캐릭터가 정해지는 터라 이 역시도 와인에 비하면 훨씬 단순하게 느껴진다.

자고 일어나면 새로운 양조장이 생기고 새로운 술이 출시되는 맥주 업계에 비하면 변화도 느린 편이다. 하나의 위스키가 나오기까지 10년에서 20년이 걸리다 보니 위스키 업계의 마케팅은 신중할 수밖에 없다. 그래서 더 클래식하고 진중하다. 애호가 입장에선 이 정도 속도가 딱 좋다.

나는 정말 위스키를 좋아하는 게 분명하다. 이 글을 쓰다가 또 위스키가 너무 땡겨서 한 잔 따라왔다. 고른 건 맥캘란 12년. 누가 나에게 제일 좋아하는 위스키가 뭐냐고 묻는다면 잠깐 고민한 뒤 맥캘란이라고 답할 것 같다. 어쩐지 돈 많고 세련됐는데 큰 재미는 없는 대기업 차장님 같은 브랜드지만, 그래도 이만큼 알찬 위스키 브랜드도 잘 없다.

싱글 몰트위스키를 보리부터 병입까지 차근차근 익혀가던 초보 에디터 시절, 맨 처음 알게 된 싱글 몰트위스키 브랜드를 지금도 정확히 기억한다. 바로 맥캘란. '막캘란'인지 '멕캘란'인지 읽는 법도 표기법도 어색했던 그 브랜드의 알 듯 말 듯한 끄트머리를 붙잡고 나는 싱글 몰트위스키의 세계 속으로 빠져들었다.

당시 수입되는 싱글 몰트위스키 브랜드는 두 손에 꼽을 정도로 제한적이었는데, 그중 맥캘란은 가장 세련된 방식으로 잡지 독자들과 소통하는 브랜드였다. 태어나자마자 눈앞에 보이는 고양이를 엄마라고 믿는 병아리가 된 것마냥 나는 자연스럽게 맥캘란에 빠져들었다.

그 후로도 맥캘란은 나에게 많은 '처음'을 선사했다. 숙성 연도별로 위스키 맛이 어떻게 달라지는지도 맥캘란 12년, 15년, 18년을 마시며 체득했다. 맥캘란 증류소의 사진을 보면서 증류기가 어떻게 생겼는지도 처음 봤고, 셰리 캐스크에 숙성한 위스키가 어떤 향을 뿜는지도 맥캘란을 통해 처음 공부했다. 시간이 지나면서 맥캘란이 어떤 신제품을 내는지, 어떤 제품을 단종시키는지, 제품을 어떻게 비싸게 파는지, 특별한 제품을 어떻게 더 특별하게 포장하는지를 봤고, 위스키 업계의 변화를 맥캘란과 함께 목도했다.

가장 손이 잘 닿는 곳에 두고 한 방울 한 방울 아껴 마시는 맥캘란 18년은 늘 황홀하다. 내가 인식하는 '위스키 향'이라는 단어는 맥캘란 18년의 향에 가장 가깝다. 꾸덕꾸덕 말린 과일의 향기, 계피와 자작나무를 함께 태운 듯한 향기, 바닐라에 생강 시럽을 끼얹은 듯한 향기 등이 우르르 피어오른다. 조청처럼 진한 색깔도 심장을 두근거리게 한다.

지난 2018년에는 화려하게 리뉴얼을 마친 맥캘란 증류소를 방문했는데, 디즈니랜드를 처음 가본 어린아이처럼 별안간 탭댄스를 추고 싶을 정도로 신이 났다. 투어 가이드가 설명을 하면 증류소 곳곳에 조명이 켜졌고, 가이드의 지휘에 맞춰 음악까지 흘러나와 기어이 내 입을 떡 벌어지게 만들고야 말았다.

맥캘란이 최고의 싱글 몰트위스키 증류소라고 단언할 순 없지만, 나에게는 오랜 시간 가장 진한 기억을 꾸준하게 쌓아온 고향 친구 같은 증류소다. 온갖 종류의 술을 통틀어 가장 좋아하는 술 하나를 고르라고 한다면, 작지만 명확한 목소리로 맥캘란 18년을 꼽겠다. 좋아하는 술에 추억까지 엉겨 있으면 그 한 잔의 가치는 수치로 측정할 수가 없다.

요즘은 일주일에 한두 번 정도 라꾸쁘에서 일한다. 좋아하는 위스키만 쏙쏙 골라 채운 바에서 손님들에게 위스키를 추천해줄 때면 덕업일치가 이런 것인가 싶어 가끔 속으로 웃는다. 대부분의 손님이 바를 처음 접하는 20~40대 커리어우먼들인데, 그래서 더욱더 심혈을 기울여 추천하고 설명한다. 위스키 향기에 한번 빠져들면, 위스키를 일상 속으로 들여놓으면, 그들의 삶이 얼마나 향긋하게 바뀔지 나는 이미 알고 있기 때문이다.

주문받은 위스키를 잔에 따르다가 나도 모르게 스르르 눈꺼풀이 뒤집어질 때가 있다. 위스키를 마시고 싶다는 참을 수 없는 욕망이, 한순간에 퍼지는 향을 맡고 깨어난다. 그럴 땐 손님 몰래 술을 마실 때 쓰는 스테인리스 머그잔에 맥캘란 12년을 조금 따르는 걸로 급하게 욕망을 해소하곤 한다. 이제 단골들은 이 머그잔의 정체를 모두 알아버린 것 같지만….

낮술에 혼술을 더하면

낮술과 혼술은 남몰래 즐기는 작은 일탈. 이 둘을 함께 즐기면 그야말로 최고의 쾌락이다.

¶

오전 10시 반, 샴페인 한 잔을 마셨다. 서브해준 샴페인 온도가 기가 막혔다. 겨울날 빳빳하게 풀 먹인 두꺼운 이불 속에 처음 들어갈 때처럼 차갑지만 포근했다.

즉각적으로 그리고 확실하게 꽃 향을 뿜어내는 모엣 샹동 브뤼 한 잔을 마시고, 입맛을 다신 후 또 한 잔을 마시며 혀를 굴렸다. 어느새 비어버린 잔을 보며 멋쩍게 웃으면 누군가 와서 잔을 채웠다. 아무 날도 아닌데, 심지어 무방비 상태인 빈속에 쏟아부은 샴페인이, 생일날의 벼르고 벼른 한 잔보다 더 빛났다.

낮술이 미친 듯이 맛있는 날이 있다. 약간의 일탈이 허용되는 여유로운 오후, 쌩쌩하게 남아 있는 체력, 그날의 날씨에 딱 맞아 떨어지는 술, 이 세 요소가 화음을 이루면 낮술의 사이렌이 청명한 음악처럼 귓가를 울리고 만다.

행사장의 웰컴 드링크 샴페인은 그야말로 최고의 낮술이다. 주는 대로 잔을 비우는 바람에 오후 2시의 취기가 밤 12시처럼 농밀했던 적이 한두 번이 아니다. 잔 속에서 터지는 샴페인 기포가 관자놀이로 옮겨와 자잘한 두통이 이어져도 기분만큼은 '이 구역의 왕'이 되는 순간이랄까. 그 기분을 이끌고 평양냉면집을 찾아가 기어이 소주로 2차 낮술을 마셨던 적도 있다. 회사에는 급한 집안일이 생겼다고 보고한 뒤 반차를 내고 집에서 드러눕고야 말았다.

숙취로 고생하던 어떤 일요일엔 냉장고에 넣어둔 맥주를 발견하고 해장술을 시작했던 기억도 난다. 몰려오는 갈증을 차가운 맥주가 깔끔하게 해소해줄 것이라 믿으며. 취기에 취기를 더하니 착각인지 모르겠지만 정말로 개운함에 온몸이 상쾌해졌다.

일요일엔 작정하고 낮술을 하는 경우가 많다. 월요일이 오는 두려움을 대낮부터 마시는 술로 달래는 식인데, 봄과 여름엔 베란다에 꺼내놓은 캠핑의자에 앉아 다채로운 술을 번갈아 마신다. 아예 낮잠을 잘 요량으로 점심에 소주 반주를 곁들일 때도 있다.

프랑스 여행 중에 방문한 상파뉴의 한 호텔에선 목욕을 하며 로제 샴페인을 마셨다. 체크인 후 저녁 식사 시간까지 여유가 생겨 가볍게 시작한 낮술 샴페인이었는데, 마릴린 먼로가 살아 돌아온대도 뭐 하나 꿀릴 게 없을 것 같은 기분에 사로잡혔던 기억이 난다.

또 어떤 날은 애인과 소파에 들러붙어 있다가 갑자기 냉장고에 있는 재료로 대충 김밥을 싼 뒤 화이트 와인을 챙겨 피크닉을 간 적도 있다. 취할 대로 취해서, 뭘 해도 웃겨서, 자주 자지러졌다.

낮술, 그것도 혼자 마시는 낮술을 가장 많이 즐길 때는 혼자 해외여행을 갔을 때다. 혼자서 낯선 도시를 뒷짐 지고 돌아다니는 걸 좋아하는 편인데, 스케줄도 업무도 없고 내 맘대로 술 마실 자유가 더해지기 때문에 두세 달에 한 번씩은 '혼행'을 갔다.

일본이나 태국에서 밤낮 가리지 않고 맥주를 물처럼 마시거나, 출국 때 구입한 샴페인 한 병을 마카오 호텔에서 하루 종일 혼자 다 마시는 일은 기본이다. 유럽으로 나가면 좀 더 다채로운 낮술과 혼술에 빠져든다.

스페인을 여행할 땐 셰리 와인 중에 하나인 페드로 히메네즈 와인을 밤낮으로 마셨다. 아직도 스페인을 생각하면 간장처럼 색이 짙고 조청처럼 달콤한 페드로 히메네즈가 반사적으로 떠오른다. 페드로 히메네즈는 식사를 다 마치고 디저트로 한 잔씩 마신 술인데, 그래선지 숙소로 돌아오는 길목에선 항상 페드로 히메네즈 향이 났다. 숨 쉴 때마다 콧구멍에서 그 향이 어른거리고, 단맛에 눌려 있던 취기가 뒤늦게 터지면서 어쩐지 탭댄스라도 추고 싶은 마음이 일렁였다.

불쑥 국제전화를 할 사람도 없고, 마음은 부푸는데 딱히 좋은 멜로디가 떠오르지도 않고, 쓸데없이 밤공기는 또 너무 좋고, 다리는 아픈데 잠은 안 오고, 만취 직전이라 골목길은 적당히 촉촉해 보이고…. 외롭지만 충만하고 쓸쓸하지만 행복한 혼술과 낮술의 기분은 늘 페드로 히메네즈와 얽혀 있다.

6년 전, 프랑스 북부 지역을 여행할 땐 칼바도스 낮술에 빠져 정신을 못 차렸다. 노르망디 지역의 에트르타를 고속버스 타고 당일치기로 다녀왔는데, 겨울 초입이라 그 유명한 흰 절벽과 바닷가 풍경은 좀 황량했고, 인상파들에게 많은 영감을 줬다는 부서지는 빛은 충분히 따뜻하지 않았다. 몸과 마음이 좀 시려서 찾아간 어느 카페에서 나는 칼바도스 쇼라고 적힌 술을 주문했다. 쇼콜라 쇼에 칼바도스를 넣은 것 아닐까, 하는 기대로 기다렸는데 이름 그대로 정말 '핫 칼바도스', 데운 칼바도스가 나왔다. 칼바도스는 노르망디의 특산주인 사과 증류주로 도수가 위스키처럼 높다. 그 술을 데웠으니 증발하는 알코올을 조심했어야 하는데, 겁도 없이 코를 갖다 댔다가 코 점막이 찢어질 뻔했다.

펀치를 얻어맞고 잠깐 뒤로 나자빠졌다가 적당히 식은 칼바도스를 다시 마셨다. 처음과는 완전히 다른 따뜻함이 전해졌다. 들쩍지근하지 않은 달콤한 향이 은은하게 퍼지고, 뒷맛은 산뜻하고 말끔했다. 턱 밑을 자꾸 건드리는 풍성한 향 때문에 작은 술잔을 손에서 놓을 수가 없었다.

그 후로 한동안 칼바도스를 편애했다. 홍콩 여행을 갔다가 발견한 크리스찬 드루앵의 칼바도스를 트렁크에 보물단지 모시듯 싸왔다. 25년 오크 숙성한 귀한 술이라서 매일 밤 금이야 옥이야 하며 마셨고 심지어 빈 병도 몇 년이나 보관했다. 핫 칼바도스 쇼가 그리운 나머지 납작하고 둥그런 잔에 칼바도스를 붓고, 데운 물을 그 아래에 받쳐 술을 데워 마시기도 했다. 일본 교토에 칼바도스만 취급하는 바가 있다는 소식에 교토 비행기 표를 단박에 예매하고 찾아가 기어이 그곳에서 또 뭉근하게 취했다.

지금도 가끔 서울에서 혼자 낮술을 한다. 수제버거집이나 파스타집에서 점심을 먹으며 맥주를 마시고 사무실까지 리듬감 있게 걸어가거나, 집에서 새우볶음밥을 먹으며 어젯밤에 먹다 남은 화이트 와인 반 병을 해치우는 식이다. 낮술을 마시면 여전히 이상한 춤사위가 불쑥 튀어나온다. 이보다 더 즉각적인 유흥 음식이 없다.

좋은 곳에서 좋은 사람들과 식사하는 행복

근사한 레스토랑을 찾는 마음은 늘 설렌다. 아무리 대
면 판매가 줄어드는 시대라고 해도 여전히 레스토랑에
앉아 밥 먹는 즐거움은 다른 것으로 대체하기 힘들다.

¶

2019년 시작된 코로나 바이러스가 해를 넘겨 지구를 강타하자 전 세계 셰프들도 위기를 맞았다. 늘 사람들로 넘쳤던 뉴욕 거리의 레스토랑은 문을 닫아야 했다. 직원을 줄이거나 급하게 포장 판매를 시작하는 고급 레스토랑도 생겨났다.

코로나19로 아수라장이 시작되던 즈음, LA에서 캐주얼 레스토랑 '스퀄Sqirl'을 운영하는 제시카 코슬로우가 인스타그램 네모 창에 얼굴을 크게 채우며 한 말이 기억난다.

"셰프는 식재료를 연구하고 이를 통해 새로움을 만들어낸다는 사명감을 가진 직업군이기도 하지만, 동시에 사람들을 모이게 하고 그것을 통해 행복을 주는 사람이기도 하다."

나는 그 말에서 코로나 바이러스를 이겨내려는 요식업계 사람들의 슬픔을 본 동시에, 내가 레스토랑을 찾으며 느꼈던 행복감의 근원을 깨달았다. 코로나 시대를 이겨내는 요식업계의 묘안과 변화는 앞으로 계속 이어지겠지만, 레스토랑을 찾는 행복감은 어떤 것으로 대체될 수 있을까?

에디터로 일을 시작하면서부터 양식 레스토랑을 다니기 시작했다. 학생이었던 나는 학교 근처 파스타집이나 패밀리 레스토랑, 집 근처 작은 양식당이 경험의 전부였다. 호텔 레스토랑을 취재하고 유명 셰프들을 인터뷰하면서 자연스럽게 레스토랑의 호스피탈리티도 체험하게 됐다.

음식 가격이 비싸고 아니고를 떠나, 손님 입장에서 2~3시간 동안 이곳에서 무엇을 느끼고 갈 것인지를 충분히 고민한 흔적이 가득한 레스토랑을 다니는 일은 꽤 즐거웠다. 한창 르 꼬르동 블루 숙명 아카데미를 다닐 때는 같은 반 학생들과 새로 생긴 레스토랑을 한 달에 한두 번씩 찾았다. 요리가 취미인 이들이어서, 테이블 위에 올라오는 대화 주제는 거의 음식과 요리, 식재료, 셰프에 관한 것이었고 나 역시 그때는 에디터가 아닌 손님의 입장으로 레스토랑을 이용했다.

어느 레스토랑에 방문했을 때, 손님에게 서브되기 직전 마지막으로 플레이팅을 확인하는 오너 셰프의 모습이 잘 보이는 위치에 일부러 자리 잡은 적이 있다. 요리를 확인하는 눈빛과 쉴 새 없이 홀을 훑어보는 눈빛이 어찌나 뜨겁고 매섭던지, 아직도 그 순간이 머릿속에 강렬하게 남아 있다. 100퍼센트를 모두 털어 집중한 사람에게서 볼 수 있는 눈빛이었다. 매일 그런 에너지로 집중하는 셰프가 있기에 손님은 맞은편에 앉은 사람과 행복한 대화를 이어갈 수가 있다.

지금은 없어진 청담동의 대표적인 파인다이닝 레스토랑에서 식사를 할 때였다. 직원이 흡사 내 마음을 읽는 독심술이라도 쓰는 건가 싶을 정도로 놀라운 경험을 한 적이 있다. 워낙 비스크 소스를 좋아하는 터라 마침 서브되는 비스크 소스를 담은 은주전자를 뚫어져라 쳐다보다가, 그걸 주르륵 따라줄 때 "하아앗" 하고 짧은 감탄사를 나도 모르게 내

뱉었던가 보다. 살짝 미소를 짓던 그 직원은 잠시 뒤 비스크 소스를 한 바퀴 더 부어주고 갔다. 자기 할 일을 완벽히 하면서도 손님의 작은 반응까지 예민하게 관찰하고 있었다는 게 느껴지는 순간이었다. 덕분에 나는 맞은편 사람과 달콤한 이야기를 이어갈 수 있었다.

음식 좋아하는 사람들 넷이서 함께 미쉐린 스타 레스토랑에서 신나게 밥 먹은 때도 생각난다. 둘은 왼손잡이였고 자리마저 대각선으로 엇갈리게 앉아 있었는데, 전채가 시작되기 전 스몰 바이츠가 나올 때 직원이 이를 눈치 채고는 그 후부터 각자의 방향에 맞춰 완벽하게 커트러리를 세팅해줬다. 코스가 바뀔 때마다 한 번도 틀린 적이 없었다. 네 명의 대화가 정신없이 식탁 위로 교차되는 와중에도 그 누구도 커트러리를 헛잡거나 떨어뜨리지 않았다. 덕분에 그 어느 때보다 풍족한 대화의 희열을 느끼고 돌아왔다.

셰프들이 공들여 건축한, 접시 위의 완벽한 요리를 먹고 난 뒤 느끼는 행복감을 설명하려면 또 한참 이야기를 늘어놓아야 한다. 최상의 식재료를 최적으로 조합해 실수 없이 내놓는 것만 해도 대단한데, 그 프로세스를 적게는 대여섯 명, 많게는 십수 명의 팀으로 구현해낸다는 게 놀랍다.

식재료를 다루는 능력과 팀원들끼리 협업하는 능력을 모두 최고치로 끌어올리면서, 동시에 새로움에 대한 호기심을 최상으로 유지하고 모험과 혁신을 두려워하지 않으려면 셰프들은 어떤 노력을 하며 살아가는 걸까? 나는 휴대폰 카메라로 한 번, 입으로 두 번 정도 그 요리를 즐기는데, 셰프들은 얼마나 많은 겹의 노력을 투자해 이 요리를 만들었을까? 그래선지 나는 레스토랑에서 만족스러운 식사를 하고 나면 "오늘 좀 행복하네"라고 습관처럼 말한다. 집에서 먹을 때도 물론 행복하지만 다이닝을 경험하면 "와씨, 진짜 행복하네"가 된다.

좋은 레스토랑에서 좋은 사람들과 식사하는 시간이 늘어날수록 내 삶이 윤택해질 것이라고 나는 믿는다. 배달음식과 구독 서비스, 간편 냉동식품과 밀키트가 앞으로 우리의 식문화를 완전히 바꾸어놓겠지만, 그리고 이미 내 식생활의 엄청나게 많은 부분을 바꾸어놓았지만, 레스토랑에서 느끼는 행복은 그 자체로 고유할 것이다.

최근엔 누군가와 레스토랑에서 무릎을 붙이고 앉아 "와, 행복하네"를 읊조려본 적이 손에 꼽을 만큼 적다. 내 삶도 다시 여유를 찾고 레스토랑도 위기를 이겨내서 외식의 기쁨을 흠뻑 느껴보고 싶다.

적절한 설명으로 좋은 와인을 찾아주는 소믈리에, 유쾌함과 친절함의 비율을 최적으로 블렌딩한 서비스, 입 안에서 하나하나 춤추는 식재료를 모두 한꺼번에 경험하고 싶다.

맛있는 걸 더 맛있게 먹기 위해

¶

이 책을 3분의 1쯤 썼을 때인가. 왁자지껄한 연말 술자리에서 "책은 솔직하게 써야 해. 소올찍-허게"라는 말을 듣고 소주에 쩐 눈꺼풀을 뒤집어까며 속으로 읊조렸다.

'솔직하게 쓰면 엄마한테 못 보여주는데…'

모든 원고를 다 쓴 지금 다시 생각해봐도 이 책은 엄마한테 못 보여주게 될 것 같다. 엄마의 잔소리를 들으면 마음이 길게 쓰리다.

먹는 일, 마시는 일은 모두에게 흥이 넘치는 즐거운 시간임이 분명한데, 유별날 것 없는 나의 흥과 욕망을 늘어놓는다고 누가 읽어줄까? 이 생각은 어젯밤까지도 이어졌다. 책을 쓰는 동안 마음이 시도 때도 없이 쭈글쭈글해졌지만, 위장의 추억을 탈탈 털고 뇌 뒤편에 있는 기억까지 긁어 솔직하게 썼다.

먹는 일과 마시는 일은 줄곧 나의 커리어와 겹쳐 있었지만, 퇴사 후엔 그 경계의 교집합이 조금은 줄어든 게 사실이다. 닥치는 대로 갖가지 일을 하고 어느 날은 손가락이 휘어진 게 아닐까 싶을 정도로 키보드를 치며 일하다 보니 이제 식욕이야말로 행복한 쉬는 시간을 알리는 종소리가 됐다.

몸과 맘이 힘든 때일수록 '더 맛있는 거, 더 특별한 거, 더 짜릿한 거'를 외쳤고 주저 없이 실행으로 옮겼다. 울거나 웃거나 수다를 떨고 화를 내는 것보다 성게알 올린 생새우 한 점, 라가불린 16년 한 잔, 흰 쌀밥 위에 올려 먹는 소스 흥건한

옛날 돈까스 한 쪽, 새벽 2시에 먹는 뼈해장국 한 그릇이 나에겐 더 크고 빠른 위로였다.

처음 내는 책 치고 제목이 조금 웃길지 몰라도 이것 역시 진심이다. 사회적 거리두기 때문에 사회와 거리를 둬버리게 된 2020년의 나도, 앞으로 어떻게 먹고살지 매일 방황할 게 분명한 미래의 나도, 힘들 때마다 맛있는 걸로 그 구멍을 잘 메웠으면 좋겠다. 잘 먹고 힘내서 일도 잘하고 돈도 많이 벌었으면 좋겠다. 글 말미에 다짜고짜 '기대가 된다'라고 마무리하는 문장을 극도로 피해왔지만 아휴, 나에게만은 이제 기대도 좀 해보자.

먼슬리에세이 05 식욕

힘들 때 먹는 자가 일류

2020년 11월 5일 초판 1쇄

지은이 손기은

펴낸이 남연정

디자인 석윤이

펴낸곳 드렁큰에디터

출판등록 2020년 4월 20일 제2020-000042호

이메일 drunken.editor.book@gmail.com

인스타그램 @drunken_editor

ⓒ 손기은, 2020

ISBN 979-11-90931-16-8 (02810)